中公文庫

これでもいいのだ

ジェーン・スー

中央公論新社

目次

第1章　女友達は、唯一元本割れしない財産である

第2章　中年女子たちよ、人生の舵をとれ

第3章　世の中には物語があふれている

第4章　大人だって傷付いている

これでもいいのだ

イラスト　川原瑞丸

章扉デザイン　佐藤亜沙美
（サトウサンカイ）

第1章

女友達は、唯一元本割れしない財産である

プレミアム豚の夜

気の置けない女友達と、よく食べ、よく笑い、よくしゃべること。私にとって、これ以上の滋養はない。

昨日は、高校時代からの女友達に会った。変わらぬ付き合いに感謝しつつ、知り合ってもう三十年近いのか！　とギョッともする。

新卒入社の会社で働き続ける彼女と、三回ほど転職した私。海外出張の多い彼女と、ここしばらくは日本から一歩も出ていない私。

時を経て共通点は減ったものの、私たちはまだまだ気が合う。二人とも独身のまま、という共通点が残ったのは、大きな誤算だけれど。

以前は近所に住んでいたこともあり、毎晩のように、ファミレスやお互いの家に集っては、愚にも付かぬ話を延々としていた。仕事のこと、恋愛のこと、将来のこと。アメリカの音楽祭や映画祭を観たあとは、どうしたらレッドカーペットを歩けるような人になれるかなんて、くだらないことをゲラゲラ笑いながら考えていた。

話しても話しても、話すことは尽きなかった。いや、話すことなんてなくても、とりあえず会っていた。あのころ、私たちに時間だけはたっぷりあったのだ。いまは互いに忙しく、月に一度会えればラッキー、となってしまったけれど。

彼女が選んでくれたのは、六本木の洒落た豚しゃぶ店だった。夜八時に待ち合わせ、席に着くやいなやメニューを開く。

「オススメは？」

「食べ放題がおトク」

「じゃあ、それ二名分でいいわね」

私が言い終わるやいなや、ピッと右手を挙げる彼女。店員が来るまでに無言で飲み物を決めるのが、暗黙のルール。着席してからここまでの所要時間、たったの五分。勝手知ったる者同士だからこそのスピード感だ。メニュー選びから食事を楽しむよりも、私たちはとにかく話がしたい。

「これを男と一緒のときにやると、嫌がられるのよ」と、彼女がこぼす。先日、パートナー氏とそれでひと悶着あったばかりの私も、繊細な気遣いの難しさを愚痴る。そりゃそうよ、我々より付き合いの長い男なんて、存在しないんだから。

準備運動がてら軽口を叩いていると、プレミアムなんとか豚と恭《うやうや》しく名札のついた、バラ肉とロース肉の皿が我々のテーブルにサーブされた。

さあ、始めましょう！

互いの脳内にだけ響くブザー音を合図に、薄切り肉を左の端から箸ではがしては湯に沈め、小さく左右に揺らしてごまダレにダイブさせ、コンマ二秒で口の中へ。ウンマイ！

またしても役に立たない上司が異動してきたこと、思わぬところから耳に入ってきた別れた男の近況、共通の友人の同性婚ウェディングがいかに素晴らしかったか、精子バンクを利用してシングルマザーになった女友達の海外生活、などなどなど。

しゃべると食べるの無限ループ。遠慮して箸や口が止まる瞬間は、一秒もない。我ながら、熟練工のオペレーションのようでうっとりする。

話題はいつの間にか噂話へと色を変え、大きな声で笑ったかと思えば、声を潜めて打ち明け話をポロポロと。

話の途中だろうが「このタレ美味しい！」など、思ったことはすぐ口に出す。不規則発言で、我々のオペレーションが崩れることはない。「美味しい！」には「美味しい！」と賛同するのみで、話者はすぐに話の軌道修正をする。

脳と心を直列回路でつなぎ、思ったことをすべて口からダダ漏れさせるのは、なにものにも代えがたい快感だ。とはいえ、これ以上、相手を選ぶコミュニケーションは、ほかにないのも重々承知。互いの存在のありがたさを、滋味深い豚と一緒に嚙み締める。

やがて、箸と口は緩やかにスピードを落とし、どちらからともなく、健康や親のことを俎上《そじょう》にあげた。こんなことを話すようになるなんて、私たちも年取ったわねぇ、なんて言いながら。

気付けばあっという間に、三時間も経っていた。お腹も心も大満足。数年前なら余裕で二軒目へ足を運んだけれど、今日はまだ木曜日。私たちは四十二歳。終電一時間前に撤収が無難だろう。

ティーンエイジャーだったころ、私たちは「この時間は永遠に続く」と、当然のように思っていた。時間はどこからともなく勝手に押し寄せ、目の前を無限に流れていくようだった。まるで大きな川のようで、止まっているようにさえ見えたのだ。

いま、手持ちの時間はまごうことなく有限で、なんとか捻出しなければならないものになった。しかし、会えばあのころと変わらぬ充足が約束されている。どちらかが墓に入るまで、私たちは一糸乱れぬオペレーションを続け、小さな幸せを量産していくことだろう。

女友達は、唯一元本割れしない財産だ。私はそう確信している。

「小ライスは私です」

仕事の疲れを癒す「労《ねぎら》いメシ」には二種類ある。ひとつはしゃぶしゃぶやお寿司といった、いわゆるご馳走。もうひとつは、アツアツの餃子や大衆焼肉など、味の濃いヘヴィなもの。手こずっていた原稿をようやく仕上げた私は、後者に労われたい気分だった。

ご無沙汰していた働き詰めの女友達に、ダメもとで声を掛ける。すると、今夜だけは空いていると言うではないか。しかもグルメな先輩から、東京一美味しい餃子の店を教えてもらったばかりだとか。なんとも幸先《さいさき》が良い。

予約を取らない人気店らしいので、待つのを覚悟する。店の前に到着すると、私たちの前には二人しか並んでいなかった。餃子なら回転が速い。今夜は本当にツイてる。

寒空の下から店内を覗く。調理場では、若い女性が手慣れた調子で皮を手作りしていた。次から次へと大皿が運ばれていくのも見えた。

餃子は普通の三倍はあるかと思うほどの大きさで、油をまとったツ

ヤツヤの皮がぷっくりと膨らみ、表面はこんがりときつね色。小さめのお焼きといった風情ですな。こりゃどう転んでも、美味いに違いない。我々には明るい未来が約束されている！

まだまだ覗く。テーブルに大皿が置かれるやいなや、四方からワッと箸が集まる様子が圧巻だ。そこら中で餃子を頬張る熱気がハフハフと口から漏れて、蒸気が店のガラスを曇らせた。私がもうすぐ辿り着ける天国が、そこにある。お腹がグルグルと鳴った。

十分と待たずに入店し、焼き餃子と水餃子に、ワンタンまで頼んだ。頼み過ぎだ。私は小ライスを、華奢《きゃしゃ》ながら大食いの女友達は大ライスをオーダーした。

あっという間に焼き餃子が運ばれてきたので、飛び散る肉汁をものともせずにかぶりつく。お互い黒っぽい服を着ていて良かったね。天才だね！

嗚呼《ああ》、「幸福」を「口福」と書くグルメな連中を許したことはなかったけれど、これを口福と言わずしてなんと言おう。完全に屈服だ。いや、屈福だ。汝《なんじ》の名は、餃子。

すべてがうまく行く夜。つまり、Tonight is the night. ゆっくりと、精神と口が満たされていく。

「はい、ライス二つ」

顔を上げると、私と同じくらい恰幅の良い女性店員が、両手にライスを持って立っていた。彼女は迷いなく、大ライスを私の前に、小ライスを女友達の前に置いた。

わかる。わかりますよ。私たち二人の容姿から推測した、あなたの判断を誰が責められよう。しかし店員さん、あなたも今日まで生きてきて、その恰幅の良さで、幾度かの煩わしい勘違いをされてきたでしょう。大きな体ならいつも元気なはずだとか、大きな体ならよく食べるはずだとか、大きな体なら常に明るいはずだとか。大きな体なら……。

大きい私は大ライス。

華奢な彼女は小ライス。

その決めつけを、世間では偏見と呼ぶ。偏見は差別を助長する。理屈の上では、決して許してはならぬ行為だ。

「小ライスは私です」と言えば済んだ話だって？　おっしゃる通り。けれど、彼女はあっという間に我々の元から立ち去ってしまったのだ。熱々のうちに運ばねばならぬ、次の皿が彼女を待っていたから。そこに悪意の欠片《かけら》もないのは、明白だった。

私は心から、偏見のない社会の実現を望む。しかし、すべてをいちいち冷静に訂正する気力が、常に満ちているとは限らない。そんな自信はまるでない。

かといって、その程度のことを気に病むのは馬鹿馬鹿しいと、したり顔で流すのも違うような気がする。ライスだったから笑えるが、この手の思い込みが、命取りになることもあるだろう。たとえば人種だったら？　性別だったら？

こういうとき、どうしたらいいのだろう。「正しさ」はどこまで行使されるべきか。「勘違い」は、どこまで朗らかな笑いに昇華できるのか。

餃子は期待以上の味だった。片っ端から平らげた。しかし、なかなか咀嚼《そしゃく》できぬ思いが心に残った。本当に、こういうときはどうしたらいいの。

私はどこまで、真顔でいたらいいんだろう。

店選びは茨の道

私には苦手なことが星の数ほどあり、店選びもそのひとつだ。

会食の日取りが決まると、大抵は言い出しっぺが店を決めることになる。参加者の食べたいものや苦手なものを尋ね、平日なら職場から来やすく、家にも帰りやすい場所を選ぶ。

選ぶと書いたが、私はそれができない。選択という行為には選択肢が必要なのに、私にはそれがない。同じ店ばかりに行くのが、まったく苦にならないからだ。

よく知らない人と食事をするのも苦手なので、外から自動的に情報が入ってくることはほとんどない。親しい友人たちはそれをよく知っており、私に店選びの期待がかけられることもない。結果、手持ちのバリエーションは一向に増えない。

問題は、もっと親しくなりたいと思う人に出会ったときだ。「親しくなりたい」と思うこと自体が私にとっては稀で、そういうときは、私の方がお熱を上げているわけだから、こっちから誘うしかない。

誘うと言っても、大人の誘いには、食事がくっついてくるのが流儀だ。放課後に公園で待ち合わせ、ジュース一本で日が暮れるまでしゃべるわけには、もういかない。

　こういうときに、私は十中八九、店選びを間違える。やるにはやるけれど、私にとっては最初から失敗が見えている負け戦なのがつらい。

　たいていは、出てきた皿や店員さんの態度にうっすら戸惑う同席者を横目に、「もう少し雰囲気のある店が良かったか」「もう少し静かな店が良かったか」と冷や汗を垂らすことになる。冷や汗は出るが、なにが悪いのかハッキリとはわからない。会話を楽しむために会食をセッティングしたのに、胃がキューッとなって、味も話の内容もわからなくなってしまう。

　同行者に難癖を付けられた経験は、ない。しかし、「最悪の店ではないが、最高のチョイスでもなかった」と顔に書いてあるのが、ハッキリとわかる。私は見栄《みえ》っ張りで気が小さいので、こういうちょっとした表情の変化に弱い。瞳が曇る瞬間を、見逃すことができない。

　外食が趣味という人がいる。週の半分は外で食べ、新しいお店の情報をいつも収集しているような人。何年にも亘り店探しをしてきた成果なのか、そういう人は、通りすがりでも美味しいところを見つける鼻がよく利く。私にはない能力だ。

美味しいものを食べるためなら、よく知らない人と会食することにも抵抗がない。食を楽しむ行為に貪欲な人は、私とは違う人生の楽しみ方を知っているように思う。

先日、美味しいお店をたくさんご存じの先輩と会食した。東京で飲食店を探訪して二十余年という、プロ中のプロである。

日取りが決まると、彼女はいつもパパッと候補を挙げ、ササッと予約を済ませてくれる。どこも美味しい店ばかりで、己の役立たずに申し訳ない気持ちになりながらも、甘えさせていただいている。

一度だけ、私が店を決めたことがある。熟成肉なんて食べ慣れないものを出す初めての店を選んだら、ぼんやりとした味の塊肉が出てきて、心底気まずい思いをした。口の中もまずかった。

さて、先輩の選んだ西麻布の店で、とびきり美味しいインドカレーを食べている最中のこと。「こないだ、お店選びで失敗しちゃって」と、先輩が言うではないか。どんな弘法にも筆の誤りがあるのだねぇ。

曰《いわ》く、誰かが知らないうちに、値の張るボトルワインを何本もオーダーしてしまったらしい。知らぬ間に予算を大幅にオーバーし、会計の際、みんな一斉にギョッとしたと嘆いていた。私は下戸なので、ワイン一本がどれぐらいの値段なのか、見当もつかない。

そこでピンと閃《ひらめ》いた。そうか、すべては酒のせいだ。私が下戸だから、店選びに失敗ばかりするのだ。

私の知る限り、下戸は飲ん兵衛ほど外食をしない。だから、いつまで経っても店のバリエーションが増えない。

加えて、飲ん兵衛は酒と食べ物の相性を気に掛けるが、どこでも烏龍茶で十分な私には、マッチングの見当もつかない。魚と肉で飲み物を変える下戸になど、お目に掛かったことがないし。

だんだん腹が立ってきた。飲ん兵衛ばかりと会食に行くと、いつまで経っても炭水化物が出てこず、私はいつも物足りない思いをすることになる。あなたたちにとってのシメは、私のスターターにもなりうるのだよ。多めにお金を払うのは甘んじて受け入れるけれど、たまには、焼きおにぎりから始めてくれたっていいじゃないか。

店選びが苦手なのは、私が酒を嗜《たしな》まないから。彼らが愉しんでいるのは、メシというより酒のアテ。ならば、利害が一致しないのも当然だ。

都合の良い言い訳が見つかり、その夜は大満足で帰路についた。下戸の私が満足できる店を常に選んでくれる、大酒飲みの先輩の心遣いにも、感謝した。

バブルパワーにあやかりたい

バブル世代と言えば、就職氷河期育ちの私には、目の上のタンコブ。ＴＰＯすべてがハレの場ってくらいの陽気具合に、舌打ちのひとつもしたくなるのが常だった。

しかし、気付けば人生の折り返し地点が見えてきて、私も未来に漠然とした不安を感じるようになった。すると、今度はアラフィフの先輩たちの、元気な姿が励みになってくる。

我ながら勝手な話だと思うが、いまとなっては、そのパワーにあやかりたい気持ちでいっぱいだ。バブル世代特有の大らかさが、うらやましくてたまらない。いや、うらやましさは以前からずっと燻《くすぶ》っていたけれど、認めたくなかっただけかもしれない。

先日、文筆業の先輩と夕飯をご一緒した。二十代前半から執筆を始め、著作は二十冊を超える。三十年近く書き続け、出版し続けるのは並大抵のことではない。私なんて、早くも七年で息絶え絶えだ。

先輩は、定期的な運動を習慣にしていることがひと目でわかる躍動的な肉体と、豊かで艶々な髪の持ち主だ。美人でもある。全体的に、私よりずっと華がある。彼女もまた、バブル世代だ。

会えば必ず、私は寝物語をせがむようにバブル・エピソードを尋ね、先輩は必ず応えてくれるのだが、聞くたびに「お金のある青春って、勢いがあるなぁ」と思う。

三十歳前後なら、普通のサラリーマンでも株や不動産に手を出して、ポルシェやＢＭＷに乗っていたとか。飲食は男性が払うのが当たり前で、割り勘にすると噂になったとか。

週末なら、六本木のキング＆クイーンや銀座のシック、水曜のＭカルロには長蛇の列ができて、いかにして並ばずに入るか、みんな必死になったとか。

ＢＭＷが六本木カローラと呼ばれていた時代の話は、いつ聞いてもエネルギーを感じる。週末に、並んでまでクラブへ遊びに行く元気のある三十代サラリーマンなんて、いまほとんどいないだろう。

人の気質は、思春期を過ごした時代の経済状況に左右されると思う。オイルショックと共に生まれた私と先輩では、人生の捉え方がまったく違う。以前、「いまでも、今日より明日の方が良い日になると、どこかで思っている」と言われて仰《の》け反《ぞ》った。

彼女より下の世代は、そんなこと催眠術にでもかからない限り思えない。本当にうらやましい。現実はどうであれ、「陽はまた昇る」と信じて生きる方が、人生を楽しめるに違いないのだから。

待ち合わせ時間の少し前に、私は指定された西麻布のお蕎麦屋さんの暖簾《のれん》をくぐった。ほどなくして先輩が現れ、私の耳元で「ごめん、お店を間違えちゃった」と囁《ささや》く。

ご存じの通り、お蕎麦屋さんの屋号は「更科〇〇」とか「〇〇藪そば」とか似た名前が多く、どうやらお目当てとは別の店を予約してしまったらしい。

鴨せいろさえ食べられれば、私はどこでも良かったけれど、先輩はいつまでも納得がいかない様子だった。食で楽しませようとしてくれたのだろう。私だったら「まぁ、いいか」とすぐ諦めてしまうのに。

先輩はシュンとして「お目当ての店、ここから近いのになぁ」と嘆いた。ならば先輩、ここではサッと食べて、そっちにも行こうではありませんか。そうすれば、胃は必要以上に膨れるでしょうが、陽はまた昇るに違いない。あなたには笑顔が似合うのだから。

フットワークの軽い先輩は、私の無茶な誘いに乗ってくれた。いまを存分に楽しむ労力を惜しまないところは、バブル世代の美点である。私はそれを見習っただけだ。

ほどほどに美味しい鴨せいろを十五分で平らげ、歩いて七分のお目当ての店へ早歩きで向かう。私たちは再び鴨せいろをオーダーした。調子に乗って搔き揚げまで追加する。

蕎麦屋のはしごなんてやったことがないので、ワクワクしてきた。

出てきた鴨せいろは、なるほど、唸るほどに美味しかった。出汁も、蕎麦も、鴨肉も、薬味も、すべてが凛としている。凛としたそれぞれが手を組んで、最高の逸品に仕上がっている。先輩をチラッと見ると、「でしょう?」という顔をしていた。

食後は腹ごなしにソウルバーへ。七〇年代の曲を知る私に「あなた年を誤魔化しているでしょう?」と先輩が訝《いぶか》しがるのは毎度のこと。学生時代はソウルミュージック研究会に所属していたから、という理由を毎度言わされるのは、ちょっと恥ずかしくもある。

そういう先輩だって、最新のヒットソングにフンフンフ〜ンと鼻歌を奏でている。「なつメロしかわからない、みたいなのは嫌なのよね」だって。つまり、新譜もチェックしているってこと。彼女の好奇心はしぼまない。

昔の曲とバブルの話に興味津々な私は、まるで懐古趣味のご隠居みたい。繰り返し陽を昇らせるためには、昔を懐かしむでも、まだ見ぬ未来にぼんやり不安を感じるでもなく、いまこの瞬間を、しっかり楽しむ胆力が必要だ。

「冴えない女の会」

「冴えない女の会」、という集いを定期的に催している。参加者は、ＳＮＳを通じて知り合った三十代と四十代の六人。

半数が未婚で、半数が既婚。総じて冴えない。しかし、それを過度に悲観し、自虐することもない。むしろ、似通った冴えなさが緩い連帯感を生み、この上ない居心地の良さとなっている。

容姿や言動や運命など、私たちのなにかひとつが著しく冴えなかったならば、それは輝く個性になったかもしれない。しかし、我々はすべてにおいて、ほどほどに冴えない。冴えないのぬるま湯に、どっぷり首まで浸かっている。

冴えない、とはどういうことか。致命傷はないものの、かすり傷だらけで、うすらボンヤリしている状態のことだ。「冴えない女の会」の看板に色や柄をつけるなら、苔色と鼠色の太めのボーダーがお似合いだと思う。

先月のこと。遠方に住むメンバーが来京するので、みんなで上野を満喫することにした。不忍池《しのばずのいけ》でスワンボートに乗り、上野動物園でパンダやアイアイやハダカデバネズミを愛でようよ。いちおう、ゴリラやトラも見ておこうか。アメ横で豆屋さんを詣で、有名大衆居酒屋になだれ込むのはどうかしら。冴えない大学生がやりそうなデートプランを、冴えない中年女六人でやるなんて、楽しいに決まってるじゃない。

我々は朝に弱い。だから昼に待ち合わせ、ゾロゾロと不忍池に向かった。いまにも雨が降りそうな曇天だし、三月とは思えぬ寒さも、冴えない私たちにぴったりだった。

スワンボートは三人乗りだった。ならば「グーパージャス」で、二組に分かれましょう。偶然とはいえ、既婚組と未婚組に分かれたのが、なんとも腹立たしい。当然、私は未婚スワン。既婚スワンの尻尾を追い回してやろうと必死で漕いだが、なかなか彼女たちの背後に回れない。いつの間にか、スイスイスーイと進む既婚スワンに後ろを取られ、慌てて逃げる羽目に

なった。未婚スワンの方が馬力のあるメンバーで構成されているというのに、いつまで漕いでもコツがつかめない。まあ、それは陸の上でも、水の上でも同じこと。

私のほかにはせっかちがいないため、上野動物園での観覧ペースは超がつくほどのんびりだった。西園では微動だにしないハシビロコウと写真を撮り、コビトマングースの卵割りに歓声を上げ、アメリカバクやコビトカバに夢中になった。

そうこうしているうちに、どんどん時間が過ぎていく。東園に辿り着いた時分には、ゴリラも象も厩舎《きゅうしゃ》に戻っており、屋外スペースはもぬけの殻。なにをやっても、私たちは本当に冴えない。だが、それぐらいが丁度いい。要領が悪いと安心する。

いくつになっても、愛嬌を振りまいてオマケをもらったり、ズルを見逃してもらおうとしたり、わがままを押し通そうとする人がいる。そういうのは、男女を問わずに存在する。笑顔でグイッと肘を入れてきて、列に体を押し込んでくるような奴らのことだ。

彼らのちゃっかり具合をうらやましくも思うけれど、ちゃっかりの陰で、馬鹿正直にやってきた側が割を食うことも多い。そういうときは、なんとも湿った気持ちになる。しかし、我ら冴えない女の会にはその手のちゃっかりウーマンがひとりもいない。

根は真面目だが、生きる態度は少し不真面目で、キラキラ輝く向上心は持ち合わせていない。不器用というよりめんどくさがりで、合理性を尊ばない。そして鈍くさい。だからこそ、かりそめの正義で他人を裁き、煽ることもしない。だって、それってめんどくさいじゃない。

かすり傷だらけの冴えなさを癒すのは、四十度少し手前の、温泉のような集いなのだ。ここでは、好戦的な私の交感神経がスッとオフになるのがよくわかる。副交感神経さん、ようこそ、「冴えない女の会」へ。

散々迷って豆を買い、居酒屋で飲んで食べてを繰り返し、店を出る時分には終電ギリギリになっていた。昼に待ち合わせてから、十二時間近く一緒にいた計算になる。ボートを漕いだり歩きまわったりした足腰は疲れていたが、精神的な疲労は皆無だった。

丁々発止ができる女友達は、なにものにも代えられない宝物だ。しかし、アドレナリンを放出せずに済むゆったりした付き合いも、私には手放しがたい時間なのだ。

「女子アナ」が勝利するとき

月曜日から金曜日（二〇二三年一月現在、月〜木曜日）の午前十一時から午後一時まで、ＴＢＳラジオで『ジェーン・スー 生活は踊る』という番組のパーソナリティを務めている。

一日を長い芝居にたとえるなら、午前十一時は最初の幕間《まくあい》のような時間。専業主婦ならば夫や子どもを送り出し、急ぎの家事を済ませてホッと一息つくところ。営業車で移動中のサラリーマンなら、朝礼のあと一件か二件の訪問を済ませ、コンビニでコーヒーを買って一服といったところか。

私のパートナーを務めてくれるのは、ＴＢＳアナウンサーのみなさんだ。水曜日の小倉弘子アナウンサーが育休中のあいだは、ベテランの長峰由紀アナウンサーが代打を務めてくださった。

長峰さんは大の好角家《こうかくか》だ。お相撲の話になると、普段の真面目な顔が一気にほころび、大きな瞳がくるくると色を変え、チャーミングなことこの上ない。

仕事には厳しく、若手スタッフとの打ち合わせでもまったく手を抜かない。つまり、疑問に感じたところは、きっちり詰める。詰められたスタッフもひるまず押し返し、まるで親方が新弟子に稽古をつけているよう。なかなか激しい。

さて、女性アナウンサーを「お飾りの存在」と思う方がまだ少なからずいるようだが、現実はまったく違う。男性アナウンサーとなんら変わらぬ技術職で、たゆまぬ鍛錬と、生まれ持ってのセンスがなければ長くは続けられない。

試しにこのコラムを音読して録音し、聞き返してみてほしい。日常的に使っている言語とは思えぬほど拙い自分の発声に、驚かれる方も多いだろう。たとえば、「相撲」を「スモー」と発声してはいないだろうか？　正確には「スモウ」なのだ。声のボリュームは一定だろうか？　音程が揺れてはいないか？　語尾までしっかり発声できてる？　そうやって改めてニュースを聞いてみると、アナウンサーの技術が如何に高いかよくわかる。

かく言う私も、以前は女性アナウンサーを「容姿端麗な恵まれた女たち」と、色眼鏡で見ていたひとりだ。しかし、個人個人と接するうちに、己の偏見を恥じることになった。

女性アナウンサーがアイドル的存在として売り出されたのは、八〇年代後半のこと。

フジテレビを筆頭に、局を挙げて「女子アナ」というマスコットを量産した。長峰さんも、世代的には「女子アナ」ブーム第一世代だ。

ブームの功罪を語るには字数が足りないが、罪を端的に言えば、私が持っていた偏見と同種の印象を、世間に生み出したことだろう。

男性にチヤホヤされ、楽な仕事をこなし、数年経ったら著名人と結婚して辞めていく「女子アナ」たち。本当にそうだろうか。

美しく装い、笑顔を絶やさず、夫がいなければなにもできないように振る舞うのをよしとされ、その実、妻がいなければ家庭は回らない。にもかかわらず、そういう妻を「愚妻」と呼ぶのと、女性アナウンサーを「お飾り」と見るのは同じ行為だ。つまり、この世に愚妻などひとりも存在しないように、お飾りの女性アナウンサーもどこにもいない。「女子アナ」は、ずっと縁の下の力持ちだった。

三十歳を過ぎたら定年と揶揄《やゆ》される「女子アナ」界だが、私が知る限り、ＴＢＳでは技術と実績があれば、いくつになっても活躍の場を得られる。努力次第で獲得はできるが、あらかじめ用意されているわけではないのが、肝だけれど。

五十代半ばの長峰さんは、ラジオにテレビと今日も忙しい。「ぜひ長峰さんで」と指名がたくさんくるのだ。大きな瞳は驚いたことにずっと裸眼で、最近はモニターと手元の原稿に焦点を合わせるのが大変だとおっしゃっていた。

「これが裸眼でできなくなったら、この仕事は終わり」。そう笑った長峰さんを、私はあわてて止めた。

リーディンググラス、いわゆる老眼用眼鏡をかけた女性アナウンサーの登場こそが、「女子アナ」勝利の証ではないか。若さと拙さに象徴される存在ではないことを、眼鏡姿が十二分に物語ることになるだろう。

組織のなかで女性がしっかり定年まで勤めあげられる職種だと、その姿で後輩に見せてあげてほしい。そんな願いを込めて、真っ赤なリーディンググラスをプレゼントした。

長く続けるのに必要なのは、仕事に対する真摯な態度。それは、どの仕事にも言えることだろう。

ゴッドマザーを頼まれて

ロンドンに長く暮らす友人が、久しぶりに一時帰国した。今回は四歳になる娘さんと、パートナーを同伴しての凱旋となる。

滞在のほとんどは彼女の地元である関西で過ごす予定だが、一日だけ東京へ足を延ばすと言うので、ならば動物園に行こうという話になった。こちとら上野動物園の年間パスポート保有者だぜ。エッヘン。

彼女と私は、アメリカの同じ大学に留学し、一年ほど一緒に過ごした。「自国の留学生とはつるむな」が留学生の鉄則だが、私たちはそれを守れなかった。気が合い過ぎたのだ。

アメリカ人を始め、各国の友達をたくさん作った。けれど、日本人の留学生とも大いにはしゃいだ。最後の方は、私たちが教えた悪い日本語を使って、アメリカ人同士がふざけ合うほどだった。英語とアメリカ文化を学ぶはずが、アメリカ人に悪い日本語を授けて帰ってきただけかもしれない。

それからの縁で、二十年以上の付き合いになる。とはいえ、近年はフェイスブックで互いの近況を眺める程度になってしまったけれど。

大雑把で躍動的なアメリカが性に合った私とは対照的に、思慮深く物静かな彼女はイギリスを愛した。現地の会社に採用され、もう十年以上、ロンドンでちゃんと暮らしている。あっぱれだ。

四年前、彼女から「娘のゴッドマザーになってくれ」と言われた。意外な申し出だった。

ゴッドファーザーなら映画で見たことがあるが、あれの女版ではないだろう。確か『セックス・アンド・ザ・シティ』で、キャリーがミランダの息子のゴッドマザーになっていたっけ。ということは、洗礼式に参列しなければならない？　そもそも私は仏教徒だし、その日にロンドンへ飛ぶことも難しそうだった。

及び腰になる私に、彼女は言った。

「洗礼式に参加しなくてもいいのよ。自分が離婚したいがためにヘンリー八世が設立した英国国教会だから、厳しい決まりもないのでご安心を」。

なるほど。では、なにをしたら良いの？　なおも戸惑う私に、彼女は続けた。「娘にとって、インスピレーショナルな存在でいてほしい。つまり、いまのままのあなたでいてくれればいいの。娘が大きくなったら、話し相手になってあげて」。

なんとも嬉しいことを言ってくれるじゃないか。「あなたはそのままでいい」なんて、なかなか他人様の口からは聞けない言葉だもの。私は彼女に心から感謝した。

感無量になったわりには、娘さんのお誕生日にプレゼントを贈るでもなく、私は相変わらずの自堕落な毎日を送っていた。こういうところが本当にダメ人間。

フェイスブックに娘さんの写真がアップされるたび、「子どもの成長は速いなぁ」なんて、私は呑気に度肝を抜かれていた。

あれから四年、ようやくゴッドドーターと会える日がやってくる。プリンセスグッズやピンク色が好きだと聞いたので、デパートのおもちゃ売り場で『アナ雪』のエルサがプリントされた練習用のお箸や、ひらがなのパズルを買い求め、ピンクのバッグに詰め込んだ。あれもこれもと買い込む私は、娘を通り越し、孫を持ったババの気分だ。

ご対面当日、ゴッドドーターは人見知りをしてなかなか目を合わせてくれなかったが、ともに過ごした時間に比例して、徐々に打ち解けてくれた。大きな笑顔が太陽のようで、とても可愛らしい。

青空の下、手をつないだり抱っこをしたりしながら、シロクマやゴリラやライオンを一緒に見て回った。それぞれの動物の前で、丁寧にわかりやすく解説をする子煩悩な父親が、とても微笑ましかった。かなり教育熱心とお見受けする。

彼女と娘とパートナーは、一緒に暮らす「家族」だ。しかし、パートナーは彼女の「夫」ではない。イギリスでは、結婚しなくても、子育てに行政的、社会的不便がないので、その必要を感じないのだそうだ。

うらやましい話だ。彼女たちは、どちらを選んでも、同じ権利を有することができる。市民が公平に複数の選択肢を持つことができるのは、社会が豊かな証でもある。「これをするなら、これしかない」では、息が詰まってしまう。私たちは、そういう国に生きている。

日本にもこんな風通しの良い時代がくることを願ってやまない。あと、夫婦別姓と同性結婚もね。

誰かが不当に不利益を被るわけでもない限り、選択肢は多く用意されていた方がいいに決まってる。幸せの形は、多様なのだから。

戦争とのそれぞれの接点

生きていると、「私なんて、なんの価値もない」と思わされるようなことが、誰の身にも必ず起きる。ぞんざいに扱われたり、謂《いわ》れのないことで責められたりする理不尽は世の常だ。環境が変わり、それまで当たり前に手にしていたものを、突然失うことだってある。

そういう出来事があると、なんとか培ってきた自己肯定力なんて、一瞬にして吹き飛んでしまう。私だって、何度もそういう経験をしている。

先日、とある仕事でご一緒した方と会食した。足掛け二年に亘ったプロジェクトは難産で、お互い大きな負荷と戦いながら、なんとか任務を遂行した。

なかなか思うようにいかず、私はたびたび不貞腐《ふてくさ》れてしまい、彼女に迷惑を掛けた。苦労に見合った結果が伴わないことで自尊感情が著しく減少し、それを彼女にぶつけてしまったときもあったかもしれない。

なんとなく不穏な空気のまま仕事を終えてしまったので、謝罪の意味も込め、二人だけでお疲れ会をやろうと声を掛けた。彼女は快諾してくれた。

仕事さえ終わればわだかまりも消え、私たちは大いに食べて大いに笑った。一夜にして距離が縮まったと、嬉しい気持ちでいっぱいになった。

実は、彼女には前々から聞いてみたいことがあった。三十代にもかかわらず、第二次世界大戦に詳しいのはなぜなのか。

日本の近代史に深い興味を持ち、日本軍が関係する戦争映画が公開されると、必ず足を運ぶ。八月ともなれば、戦争特番を片っ端から録画して観ているのを、私は彼女のＳＮＳから知っていた。距離が縮まった今なら、その理由を話してもらえるかもしれない。思い切って尋ねると、答えは意外なものだった。彼女が先の戦争に興味を持ち始めたのは、ここ数年のことだという。

地元で働いたのち、三十代半ばでキャリアを捨て、単身上京して異業種に飛び込んだ。最初はなかなか上手くいかず、年下に追い越される経験もあったと言う。家族と離れ暮らし始めた土地では、自分が役立たずに感じることばかり続いたのだそうだ。

誰にも大切にされず、自ら決めた道とは言え「なぜ私がこんな目に」と茫然とした夜もあったらしい。先の見えない不安に苛《さいな》まれていたのだろう。

そんなとき、被爆者の手記にめぐりあった。

ある日突然、日本で最も理不尽に生活を根こそぎ奪われた人々が、広島と長崎にはいる。

被爆は延々と人生に影響を及ぼし、二世、三世となってまでも差別を受ける不条理。

只《ただ》ならぬ怒り、途方もない悲しみ、凄まじい喪失。

真っ暗闇からどのようにして立ち上がり、また前を向いて歩けるようになったのか。

彼女はそれを手記のなかに手探りで求め、自分と重ね合わせていたのだそうだ。

二〇二〇年に、私たちは戦後七十五年目を迎える。あの日の日本と、今の日本は地続きであると、頭ではわかっている。しかし、「世界で唯一の被爆国」という事実は、あまりにも重い。咀嚼して血肉にするには、塊が大きすぎて飲み込むことさえままならない。

戦争体験者の話を聞くたび、幸せに暮らす自分を後ろめたく感じた。加害者であり被害者であることに、私がどう責任を持てば良いか、見当もつかなかった。当時の日本と現在の私を紐づける手立てが見つからず、戸惑うことも少なくなかった。

しかし、彼女は現在進行形の自分と、あの日の日本をしっかりと地続きに捉えている。広島と長崎の、理不尽からの心の復興を、いまを生きるのに活かしている。なにがあっても前を向くために。

目から鱗《うろこ》が落ちる思いだった。戦争の悲惨さを、忘れてはならぬ責務としてのみ心に留めるよりも、日々の暮らしの杖として身近に感じ、頼りにしていく方が、よっぽど有意義ではないか。かしこまる必要も、後ろめたい気持ちになる必要もなかったのだ。

ともすれば、口先だけで世界平和を希求しがちな自分を恥じた。我がこととして捉えられる戦争との接点を、私も見つけ出さなければならない。

江戸切子で熱中症

酷暑を少しでも和らげようと、冴えない女の会で江戸切子作りを体験する計画を立てた。みんなで一緒にものを作るのは初めてのことなので、ちょっとワクワクする。

梅雨明け前にもかかわらず、当日は晴天だった。真っ青な空には、雲ひとつ浮かんでいない。それはありがたいことなのだけれど、気温は優に三十度を超えている。まだ午前中だというのに、待ち合わせ場所に立っているだけでクラクラした。前回の上野探索は三月なのに寒すぎたし、どうも気候に恵まれない。

あまりの暑さに耐えかね、私たちは徒歩十分の場所までタクシーに乗った。冴えない上に熱中症にまでかかったら、たまったものではないじゃない。体力はないが、小金ならあるのが我々なのだ。

現地に着くと、店内には色とりどりの江戸切子が並べられていた。赤、紫、青といった伝統色だけでなく、薄青や薄緑のグラスも美しい。菊や麻の葉をあしらった昔ながらの模様はもちろん、動物やスカイツリーをモチーフにした現代風のもあった。どれも涼しげで、外の熱気をしばし忘れるほどだった。ま、クーラーのおかげでもあるけれど。

江戸時代の夏は今ほどではなかったろうが、なにせクーラーのない時代。庶民は、目に耳に涼しい創意工夫で暑さをしのいでいたのだろう。江戸切子を手に取ると、繊細な模様が指先に涼しさを伝えてくる。深く彫った筋の手ざわりは格別で、心地よい。

店内の江戸切子を堪能したあとは、隣の工房へ移動する。体験とはいえ、プロの職人と同じ機械を使うので緊張する。

まずは、透明の厚手ガラスを使って、機械の使い方と削り出しの練習。これがなかなか難しい。結構な力で刃に押し付けないと削り出せないのだが、「ガラスと言えば割れるもの」という先入観があるので、おっかなびっくりになる。

覚悟を決めてグイッと押すと、ガラスはヌガーのような重たい柔らかさを帯び、少しずつ形を変えていく。押し付けたときの感触は、ボートを漕ぐ櫂《かい》に受ける水の抵抗にも似ていた。

次は、本番用のグラス選び。「色の濃いグラスは、機械の刃とグラスの接点が見えづらいから難しい」と店主に言われたが、濃い紫に惹かれ、私はそれを選んだ。

さあ、選んだグラスに削り出す模様をペンで描こう。横目で盗み見ると、冴えない女のなかには絵心のあるのもいて、己のセンスのなさに気が滅入る。

削り出し作業は三段階にわたる。

まずは、粗削り。さきほど描いた線に刃を近づけてみるが、思ったところに当たらない。私は早くも自分の驕りを悔いた。淡い色のグラスを選んだ冴えないメンバーは、スイスイと粗削りをこなしている。冴えないなりに、身の丈をわかっているのだ。いや、それは意地悪な見方だな。ただ単に、淡い色が好きだったのかもしれないし。

粗削りのあとは機械を替え、グラスにしっかりと筋を入れる筋彫り。掛ける力の強弱で幅や深さが如何様《いかよう》にも変わり、心が躍る。職人さんの指導のもとグラスをグッと手前に引くたび、拙いながらも模様が表れてくるのが嬉しくてたまらない。ガラスが、私の言うことを聞いてくれている。

作業は予想を遥かに超えて楽しく、心はずっと泡立っていた。声を掛けられたのにも気付かず、夢中になった。こんなに集中したのはいつ以来だろう。頭がスーッと冴えていく。

彫り出しに小一時間はかかったろうか、あとは職人さんが磨きをかけ、オリジナル江戸切子の完成だ。仕上げはプロに頼んだにもかかわらず、達成感が半端ない。

研磨粉を洗い落としたグラスが、ついに目の前に差し出される。グラスの底には菊、側面には深い縦の彫りと花火の模様。我ながら上出来である。

薄青色のグラスを選んだ絵心のある女は、花火、水玉、スカイツリーの模様を施していた。なんと美しい。私の百倍は上出来だ。今日のあなた、冴えてるわよ！

体験を終え、興奮冷めやらぬままみんなで駅まで歩いた。思い返せば、この辺りから少しフラフラしていたように思う。直射日光に当たったせいか、次第に頭も痛くなってきた。

気を付けていたのに、軽い熱中症にかかったらしい。工房は涼しかったけれど、熱中しすぎてこまめな水分補給を忘れていた。そのあと炎天下を歩いたし、前夜の寝不足も祟《たた》ったのだろう。

気付いたときにはかかっているのが熱中症とは聞いていたが、まさにその通りだった。江戸切子にも熱中したので、ダブルの熱中症だ。

その夜は、自作のグラスに炭酸水を注ぎ、氷を浮かべて楽しんだ。冷えたグラスに浮き出た模様はことさら美しく、彫りに触れる指先の心地よさに酔いしれた。

離婚と親権

四十代に突入してからというもの、純白のドレス姿を笑顔で見送ったはずの女友達が、チラホラとこちら岸に戻ってくるようになった。おかえりなさい！

ここは、既婚者村を彼岸に眺めるリバーサイドの独身村。呑気な生活を送る私たちにとって、仲間の帰還は朗報以外のなにものでもない。いいよ、いいよ。矢切の渡し、じゃんじゃん往復させようじゃないか。

幸運なことに、私の周りには不本意な離婚を経験した人がひとりもいない。より幸せになるために、再び独身に戻ることを選んだ猛者ばかり。青天の霹靂《へきれき》で離婚を切り出されたというよりは、考え抜いた結果、自ら離婚を申し出た側というわけだ。

元夫との関係はさまざまで、完全に音信不通になったのもいれば、二人三脚で子育てに取り組み、以前より関係が良好になったのもいる。

私にしてみれば、ちょっと前まで控えめにしていた夜の集いに、気兼ねなく声を掛けられるようになったのが、嬉しいったらない。先日も、離婚経験者の女友達を二人誘い、麻布十番で焼き鳥としゃれこんできた。

離婚後の変化、つまり「離婚あるある」を尋ねると、二人は声を揃えて「離婚の相談がものすごく増えた」と言った。聞けば、「離婚」の二文字が頭に浮かんだことのある既婚者たちは、常に適切な相談相手を探しているらしい。

確かに、独身村に届くのは夫の悪口まで。そこから先の、具体的なあれこれを相談されたことは、ほとんどないかもしれない。振り返ると、離婚の話を聞くときは、「もう決めたんだけど」と決定事項として語られる場合が多い。

三組に一組が離婚するようになったと言われる日本でも、いまだ離婚経験者の数は、既婚者よりぐっと少なく感じられる。したいができない、という人も多いだろう。まだまだ後ろめたいことなのだろうし、子どもが小さいうちは無理という人や、生活の目途が立たないからやむを得ず続ける、という人もいる。だからこそ、身近に離婚経験者を見つけると、悩める既婚者は、我先にと聞かずにはいられないのだろう。

酔いが回ったころ、元夫とタッグを組み、子育てに励む女友達がぼやき始めた。

彼女の子どもたちは元夫と同居しており、親権は元夫が持っている。子どもの環境を考え、よく話し合った結果だ。それと、家族仲の良し悪しは関係がない。

離婚ののち、元の家の近くに住まいを借りた彼女は、毎朝子どものお弁当を手作りして届けている。学校の行事には家族で参加し、子どもの習い事の費用も、元夫と共同で負担している。

元の家には出入り自由で、子どもたちとは、ほぼ毎日顔を合わせている。そう多くはない例だとは思うが、新しい家族の形として十分に機能しているように、少なくとも私からは見える。彼女も子どもたちも、とても幸せそうだ。

そんな姿を見てもなお、「子どもを引き取らなかった女」と陰でいろいろ言われることがあるらしい。母親として云々だけでなく、「子どもと元夫が可哀想」とも言われるとか。

なんと気の滅入る話だろう。「子どもを引き取らなかった男」なんて、聞いた事がないのに。確かめたことはないが、元夫は周囲から同情されるだけでなく、「お父さんなのに、えらいわね」と、褒めそやされている可能性もある。

かく言う私にも、芸能人の離婚ニュースで「親権は父親に」と聞くと、なにか特別な事情があったな、と勘ぐってしまう下衆《げす》な心がある。どこかで、子どもは母親といるのが自然だと思っているのだろう。

件の元夫氏は言ったそうだ。

「母親に親権がないと眉をひそめられるのは、父親に養育能力がないと言われているのと同じ。まったくもって腹が立つ」と。ぐうの音もでない。

母親さえいれば、という考えは、父親には子どもを育てられない、という決めつけを内包している。知らぬ間に植え付けられた社会規範の、なんと手ごわいことよ。

もうそんな時代ではないと、私はことあるごとに自分を躾けなければならない。

選択的おひとり様マザー

フランス人の男性と結婚して、海外県に暮らす高校の同級生がいる。海外県は、フランスが欧州以外に所有する土地の総称。彼女が夫の転勤でインド洋に浮かぶレユニオン島に移住して初めて、私はその存在を知った。

エメラルドグリーンの海、白い砂浜、大きな夕陽。フェイスブックにアップされる彼女の写真には、いつも圧倒されてばかりだ。朝の散歩で野生のマンゴーを拾ってきたかと思えば、家の庭にはバナナの木が生えている。まるで、毎日がバカンスではないか。思わず「いいなあ」と声が漏れる。

縁もゆかりもない小さな島で、毎日をつつがなくやっていくのは、決して楽な仕事ではないだろう。私には想像もつかないような苦労があるはずだ。よく停電してるし。もはや便利を便利と認識もできない私がうらやんだところで、彼女にしてみれば「こっちはこっちで、大変よ」と言うに違いない。それでも、彼女はとても幸せそうに見える。その笑顔はまるで、フローネのようだ。

フローネは、私が子どものころテレビの世界名作劇場で放送されていた『ふしぎな島のフローネ』の主人公。海上で遭難した家族が、大自然に翻弄されながらも、力を合わせて無人島で生活する物語だ。

誰かと家族になって、想像もしない土地に移り住む。無人島に流れ着くわけではないけれど、とてもドラマティックなことに思える。そういう人生に憧れないこともないが、「家族だから」という理由でどこへでもついて行くのは、私には到底難しい。

夫の海外赴任を機に仕事を辞める女性は、まだまだ多いと聞く。仕事の断絶は、私にとって死亡宣告に近い。行った先で働こうにも、配偶者ビザで満足いく就労は難しく、基本的には、家庭で家族を支えるのがメインの役割になる。

あと十年もすれば、これは女に限った話ではなくなる。というのも、これまでは「稼ぎが良いのは夫の方」が多数派だったため、妻の人生は夫の手になかば委ねられていた

が、本質的には、「男女にかかわらず、経済力のある方が、もう一方の人生を固定する」傾向にあるのが家族なのだ。稼ぐ女にしてみれば、同じ程度の稼ぎの男のために、なぜキャリアを捨てなければいけないのか、理解できない。しかし、社会の変化に社会通念が追い付いてない。男についていくのが、いい女だとされている。これが受け容れ難く、婚期を逃す女をたくさん見てきた。

二十代後半の女友達は、結婚を視野に入れて付き合っていた恋人が海外転勤になったものの、ついて行く気がまるでない自分に気付いて愕然としたと言っていた。あれだけ忠告したのに、私たちと同じ轍《てつ》をまんまと踏んでいる。しかし、それはそれでいいとも思う。

別の友人からは、出産の知らせが届いた。妊娠していたことも知らなかった。彼女は四十代前半の未婚者で、出産後、子どもの父親にあたる人と生活をともにするのかはわからない。

そう言えば、精子バンクを利用し、海外で子を授かった友人もいる。彼女も未婚だし、知人レベルまで広げれば、選択的未婚の母は片手分ぐらい知っている。

米国では、選択的未婚の母のことをＳＭＣ（Single Mothers by Choice）と呼ぶ。ハリウッド女優のルーシー・リューは、代理出産でＳＭＣになった。

現実は、「夫の転勤についていくか」なんてレベルの話を優に超え始めている。「子をもつこと」と「結婚」がくっついていなくても、女も子どもも、どちらも幸せでいられる時代が、ついにやってきたのかもしれない。彼女たちの共通点は、経済的に余裕があること。なんだかＳＦみたいになってきたな、と思った。

子孫繁栄に結婚がマストではなくなる未来までは、なんとなく想像していた。同性、異性にかかわらず、成人二人が共同生活を営むための契約、つまりフランスのパックスのようなシステムが日本に導入され、子どもを作りやすくなる日がくるだろうと。

しかし、社会進出と経済力をバックボーンにした、選択的おひとり様マザーの出現がこんなに早いとは思っていなかった。家族を増やす道筋が、どんどん増えている。

現実はいつも想像の先を行っている。少子化問題の解消法は、思いもよらないところにあるのかもしれない。女が子宮を使って子どもを産むのも、あと百年くらいだろうか。

女に生まれて良かった

「女の一生は、まるで鮭だ」で始まる原稿を書いたら、内容を精査する校閲担当者と、編集部の手を二度三度と煩わせることになってしまった。

鮭は「時知らず」や「目近《メジカ》」など、成長期や見つかる場所で呼び名が変わる。あくまで個人の感想だが、娘、妻、母、祖母と、フェイズによって呼び名が変わる女と、似ていると思った。出産のため生まれ育った川へ戻ってくるのも、女の里帰りのようだし。

私は女だが、鮭ではない。鱒《ます》だ。いまのところ、独身という川しか知らないのだから。

「生物学上、海に下る鮭と、川で過ごす鱒に明確な違いはない」という説もあるし、川で一生を過ごす、未婚で子どものいない私は鱒。結婚を経て、新しい家族という大海で泳ぐ、子どものいる女たちは、鮭。我ながら、うまいたとえだと思った。

しかし、そうは問屋が卸さなかった。鱒にも海に下るのがいるらしく、鮭と鱒の生態は複雑で、分類が難しい。校閲部からは「そうとも言い切れない」と、何度も赤字が返ってきた。「言い切れないことばかり」なんて、ますます女に似ている。

ライフステージが変わったばかりのころは、鮭と鱒のあいだに分断が起きる。たまに一緒に集まっても、子どものいる鮭チームは子育ての話がメインになるし、鱒の仕事の悩みは、鱒チームだけで語られる。鮭は海の知恵を、鱒は河川の知見を増やしていくのだから、仕方がないと言えば仕方がない。でも、これも時間の問題だ。

若い女が「出産した親友と、話が合わなくなってしまった」と嘆くのをよく耳にする。

私は「仲が悪くなったのではなく、共通の話題が見つけづらくなっただけ。子育てが落ち着く四十代半ばになれば、また自然に元に戻る」と慰める。

先日、女友達と三人で話をしていたときのこと。既婚子なしのAさんが「軽度の認知症が出てきた父親を、ショートステイにあずけなければならなくなった」と、弱々しく言った。いつもひょうひょうとしている彼女にしては珍しく、やや緊張しているようにも見えた。入所前にすべての持ち物に名前を付けなければいけないとかで、子どものいない彼女にとっては、初めての作業となる。

そこに、二人の子持ちであるBさんが助け舟を出した。持ち物に直接書くならば、ボールペンタイプの油性おなまえペンが役立つこと。頻繁に洗うものでなければ、マスキングテープに名前を書いて、タグにぐるりと貼り付けるとよいこと。経験者ならではの内容に、彼女も私も唸った。

二人のやり取りを見て、私は勝手に胸を熱くした。Aさんは不動産に詳しく、去年はBさんのマンション購入検討に、プロ顔負けのアドバイスをしていた。今度はBさんがAさんの役に立っている。

久しぶりに、女に生まれて良かったと、心の底から思った。私たちは一旦分断されるが、やがて鮭も鱒も一堂に会し、それぞれの生息地で得た知恵を、存分に共有できるようになる。これは、私たちの財産だ。多様性の容認は、知恵と知識の拡張と同義。私たちは、社会より一足先にそれを実践している。

残された問題もある。鮭の道を選んだ女は、出産期に一旦仕事を離れ、育児が落ち着いたら再び職場へ戻る傾向にある。近年、結婚や出産で離職する人が減って、俗に言うM字カーブが緩やかになったと言われるが、離職を余儀なくされた女が、出産前と同じキャリアに戻れる可能性はまだまだ低い。

これを、どう解決するか。保育所さえ増えれば、本当に解決する問題なのか。休職期間のブランクは、個人の努力だけで埋めなくてはならないのか。会社では得られない知恵と知識を、たくさん身に付けて帰ってきたというのに？

復職を希望する子育て経験者の知恵と知識を、社会に還元するシステムこそが、本当に必要なのかもしれない。それがないと、「定年まで働いて当たり前」とされる男たちは、怖くて長期の育児休暇なんて取れないだろうし。

本当は、働く女だって、怖くて仕方がないのだと思うけどね。

現実のファム・ファタル

「忘れられない女」には何種類かいる。底知れぬ魅力で、恋人を破滅させる魔性の女。彼女が一番の理解者だったと、思い出すたび美化される理想の女。ふとした瞬間に消息が気になる、元・古女房などなど。

魔性の女にとことん振り回されれば、執着は長いこと消えないだろう。我がままを聞いてくれる理想の女が去ったら、喪失感は大きい。元・古女房に感じる親愛の情は、遠く離れた親友を思い出すようなノスタルジーを伴うに違いない。彼女たちを忘れられない理由は、私にもよく理解できる。

私の女友達にも、男が忘れてくれない女がいる。だが、どのタイプにも当てはまらない。ハキハキとよく喋るキャリアウーマンで、恋人を弄ぶような技能は、良くも悪くも持ち合わせていない。陰日向に男を支えるタイプでもないし、思わせぶりなところもない。しかし、忘れてくれない男たちのエピソードには、事欠かないのだ。

五年以上前に別れた男が、インスタグラムで彼女の投稿に毎日「いいね」を付けてくる。そんなのは序の口で、四年前に六本木でナンパしてきたあと、一度も会っていない男（つまり、なにもない男）がわざわざフェイスブックで彼女を捜し出し、連絡を寄越してきたこともあった。

　自宅の郵便ポストに、切手のない手紙が入っていたこともある。差出人は、数年付き合っていた男。家まで直接きたのがちょっと怖いが、本当に恐ろしいのは、なんと別れて三年後にやってきたってところ。なぜ、突然思い出した？

　毎年誕生日になると、おめでとうメールを送ってくる元彼もいるし、去年は行きつけの整体院の施術者（うんと若い）が、診察に関係なく頻繁に電話を掛けてきてたっけ。さすがにこれは、職業倫理上どうかと思ったけれど。

「やめてくれ」とすべて拒絶すればよいではないか、と思うかもしれない。だが、それが難しい。彼らは連絡だけ寄越してきて、なにも要求しないからだ。

　そもそも、「会いたい」と言ってくる男がほとんどいない。高校時代のキャンプで、三日間だけ一緒に過ごした男が出張先までやってきて、ロマンチックなディナーに彼女を招待したことはあったけれど。あれは、かなり珍しいことだった。

　たいていの男は、メールやＳＮＳで手短に近況を報告し、彼女の様子を尋ねてくるだけ。ならば友達ではないのかと尋ねれば、違うらしい。行間から、憧憬にも似た甘い匂いがただ洩れているからだ。

強いて言うなら、彼らのアプローチは、親愛なる恩師へのそれと似ている。さすがに彼女を「先生」とは呼ばないが、自身の近況を報告し、最近はどうしてますか？　と定期的に尋ねる相手なんて、恩師以外にいないだろう。彼女から、なにか大事なことでも教わったのだろうか。

誰もがそんな調子だから、彼女はいつまで経っても、「やめてくれ」と伝えるタイミングを見つけられない。教え子にそんなことを言う女教師はいないもの。

自意識過剰と思われるのは癪《しゃく》だし、たいていは年に一度か二度のことだから、と彼女もしぶしぶ対応している。年に一度か二度が五人も六人もいたら、それなりに忙しいだろうから災難だ。

「魔性の女なのね」と冷やかすと、彼女は苦虫を嚙み潰したような顔をする。簡単に連絡が取れる女だと、舐められているように感じるのだそうだ。別れた男からの連絡など殆ど受けたことのない私にとっちゃ、ちょっと憧れる事態なのに。

フランス語では、魔性の女をファム・ファタルと言う。宿命の女、という意味もある。一方的に宿命扱いされるのもたまったものではないが、彼らはうっすら、彼女にとりつかれてしまったのだろう。

　これが思わせぶりな女なら、私も「勝手にやってろ」と放置する。弱々しい女なら、なにか無理強いされていないかと心配にもなる。しかし、彼女に限ってはどちらでもない。なにせ、私の女友達だ。つまり、誰もが想像しうる魔性の女の対極にいるような女だ。言うなれば「魔性の恩師」だ。なんだ、それは。

　ファム・ファタルには、次々と事件が起こる。恩師系ファム・ファタルには、定期連絡が入る。もしかして、彼らの方が忘れられたくないだけなのか？　でも、なんのために。ただただ、不可解。謎を解き明かすため、私は観察を続けねばならぬ。

　一歩踏み出す勇気のある男が出現する予感は、いまのところない。出てきたところで、彼女は水を得た魚のように「やめてくれ」と言うだけなのだけど。

第2章

中年女子たちよ、人生の舵をとれ

私の私による私のためのオバさん宣言

二〇一八年の五月十日で、四十五歳になった。まだまだ若輩者には違いないが、紛うことなきオバさん世代に、正々堂々と足を突っ込んだといえる。清々しい気持ちでいっぱいだ。

強がりではない。これまでとは明らかに異なる肉体の経年変化に「おお、この先には確実に死があるぞ」と認識できたことさえ嬉しい。ちゃんとガタがくるようになったのだ。無理の利く健康体で暮らしてきた私にとって、これは今まで得難い感覚だった。

全方位的に安堵しているわけでもない。口角のあたりにモチャモチャとした肉が垂れ下がってきたし、膨らみのあるタイプのシミもできた。これにはこれで、徹底的に抗っていこうと思う。昔ながらのオバさんを背負う気は毛頭ない。いつかは死ぬと思うが、このご時世、なにせ百年は生きねばならぬのだから、新しいオバさん像が必要だ。パーソナルトレーナーをつけた筋トレも九カ月続いており、結果はともかく、新米オバさんは俄然やる気に満ち溢れている。

私がオバさんを初めて自称したのはいつのことだろう。多分、十代最後だ。今から考えればおかしな話だが、あのころは「二十代なんて、もうオバさんだ」と真剣に思っていた。

しかし、現実には二十代はオバさんでもなんでもない。オバさん予備軍ですらない。なんなら、大人ですらない。二十代は、日々そこかしこで若さが爆発し、クラッカーを鳴らしてあたりを騒然とさせるのが仕事のような毎日だった。

三十代を目前に、今度は他者から、主に男性から「オバさん」という言葉を投げかけられるようになった。先方がふざけ半分なことは百も承知。だから、こちらも真に受けてはみっともない。そう思っていた。苛立ちや傷付きをごまかしてはいたが、嫌な気分になったのは間違いない。

三十代に入ると、率先してオバさんを自称する同輩が現れる。同時に、自称も他称もオバさん呼ばわりを絶対に許さないグループも生まれた。「オバさんなんてものはこの世に存在しない」とばかり、態度と言葉でもって、全力でオバさんを拒絶する。オバさん警察の言葉狩りみたい。それはそれで息苦しくもあり、オバさんという言葉と三十代の相性は、決して良いとは言えなかった。

四十代。アラフォーという言葉の杖に寄り掛かりながら肉体の変化に四苦八苦で順応していると、あっという間に四十五歳になっていた。

緩やかに老眼が始まったのか、夕方になると目の焦点が合わなくなる。パソコンの画面が見づらくて仕方がない。しかし、心の視界はすっきりと広がっている。なんと爽やかな空気。私は自他ともに認めるオバさんになった。

偽の自称から始まり、時に他者からからかいの言葉として投げつけられ、同世代の宗派分裂を経て、私はようやくオバさんという言葉を自分のものにできた気がする。誰のためでもない、私の私による私のためのオバさん宣言だ。

真のオバさんには「私、オバさんだから」というオールエリアパスが発行される。この呪文を唱えれば、相手はたいてい「ならば仕方がない」と引き下がる。今までは偽オバさんだったから、世間がそれを許さなかった。

顔の見えない世間なんてものはヘラヘラと笑っていなしていればいいのだけれど、そういうときにもこの呪文は功を奏す。「もうオバさんなんで」とか「オバさんだからこそよ」とか言っていればいいのだ。そこに意味なんてなくていい。

知ったかぶりもしなくてよい。だって、オバさんだもの。知らなくて当然でしょう？　首からオールエリアパスをぶら下げ、世間のオバさんイメージを逆手にとって、じゃんじゃんいろんなことをしてみようと思う。

世間が、「オバさんだからなぁ」と高を括《くく》っているうちが花だ。こちらの真意には、絶対に気付かれてはならない。

あー早く呪文を唱えたい。私は魔法使いになったのだ。

自営業者の孤独

八年ぶりに、長い夏休みを取ることにした。行き先はバリ島。アジアン・リゾートを訪れるのは初めてなので、ちょっと奮発していいホテルを取った。ビーチやプールで寝転んで、ジュースを飲んだり、飽きるまで昼寝をしたりする予定。普段の休みに家でやってることと変わらないけれど、ところ変われば、立派なヴァケーションになるはずだ。

この原稿を書いているのは、長期休暇へ旅立つ前々夜。まだ仕事が残っている。出発までにすべてを終わらせることができるだろうか。

ずっと夏休みを取らなかった一番の理由は、仕事だ。いまもそうだが、働き始めてから仕事に振り回されてばかりいる。三十代は、特にひどかった。望んでそうしてきたのだけれど、あまり人には勧められない。

約八年前、私は会社員を辞め、実家に戻ることにした。諸般の事情から、親の仕事を手伝うことにしたのだ。

実家に戻ると言ったって、所詮、都内の移動。当時、背伸びをしてひとり暮らしをしていた港区から、実家のあった文京区へは三十分しかかからない。だから、あまり深くは考えていなかった。あのころは、文章を書いたりラジオで喋ったりを、まだやっていなかった。

家業は、私以外には正社員がいないような小さい商売だ。親はもう引退同然。私ひとりしかいない小さな事務所で、掛かってきたら絶対に取らなければいけない電話を、延々と待ち続けるような仕事をしていた。しかも、電話が鳴ることは殆どない。しかし、鳴ったら絶対に出なければならなかった。ちょっとした拷問だ。

電話を取ったら、言われた通りに梱包作業をして、宅配業者が来るのを待つ。生まれて初めて定時で上がれる仕事に就いたが、一日一日が、とてつもなく長く感じられた。自作自演の自営業者とは、こんなに孤独なものなのかとしょんぼりした。

そんな仕事に、高給が支払われるわけもない。むしろじゃんじゃん電話が掛かってくるように仕向け、給与分の利益を作るのが私の仕事だった。けれど、そう気付くまでにだいぶ時間が掛かった。「給与とは、決まった日に決まった額が支払われるもの」という恵まれた会社員の意識と、「食い扶持を稼いでこなければ、手取りはゼロ」という自営業者の意識の差を埋めるのに、一年以上は必要だったと思う。

会社員と自営業者では、苦労の質がまったく異なる。乱暴な言い方をすれば、サボろうがサボるまいが支払われる額は同じだが、結果を出しても、すぐには給料に反映されづらいのが多くの会社員。インセンティブのある営業職など例外もあるが、その場合は固定給が低く、ノルマが重責となる。

一方、サボった分だけ、結果が出た分だけ、取り分が変わるのが小商いの自営業だ。ノルマはなく気楽だが、自らにそれを課さないと、商売はあがったり。「売上」イコール「儲け」ではないのも、悩ましかった。経費を掛けまくった末の高売上では、粗利が少なく手元に殆どお金が残らない。運が味方し、思わぬ好成績が出ることもあったが、長くは続かなかった。

先日、ふと当時の預金通帳を見たら、残高が二万円とか三万円の時期が長く続いており、よくこれで生き延びていたなと、我ながら感心した。

会社員時代の私は、頑張りが評価されないことに、いつも不満を抱いていた。しかし、自営業者になってから見えてきたのは、「努力は労いには値するが、結果を伴わない限り、評価には値しない」という厳しい現実。結果が出せなければ、権限が増えたり、給料が上がったりするわけがなかったのだ。

そのころの私はいま以上に不甲斐なく、自分以外の働き手を雇う力がなかった。人件費は高コストの固定費だもの。故に、長期休暇とは無縁の生活を送るしかなかった。

実は、その小商いをいまでもホソボソと続けており、ようやく社員やアルバイトを雇えるようになった。私ひとりで鳴らない電話を待つこともなくなり、相談相手もできて、会社員時代を懐かしく思い出すこともできる。協力して出した結果を、他者と共有できる喜びはなにものにも代え難い。なにしろ、長い休みが取れる！

さあ、これからは安定した売り上げを作り、利益を確保しなければ。私ひとりならどうとでもなるが、お給料を支払う身になったのだ。簡単に弱音は吐けない。

一人で働くにしろ、働き手を雇うにしろ、自営業者に孤独は付きものなのかもしれない。世の自営業者のみなさん、手に手を取り合って、がんばりましょうね！

八年ぶりの長期休暇

ジャジャーン！　ついに、念願のヴァケーション in バリ島だぜ。

なんとか仕事を片づけ、私とパートナー氏は成田空港へと向かった。バリ島へのフライトは約八時間だ。

寝ている間にバリ到着。空港を出ると、まず湿度に圧倒された。まるで東京の八月のよう。夜なのに、五分と経たないうちに額から汗が噴き出す。暗いので、外もよく見えない。

ホテルから出迎えが来ているはずだったが、指定された待ち合わせロビーに行くと、そこは優に百人を超える迎えのインドネシア人でごった返していた。

誰もがゲストの名前を書いた紙を宙に掲げている。空中に浮かぶ文字は癖のあるアルファベットばかりで、とてもじゃないが自分の名前など見つけられない。久しぶりの休暇に浮かれて買った、目の覚めるような緑色のトランクを引きずりながら、私はウロウロとロビーを歩き回った。暑い。自分の体と名前を紐づけられるまでは休暇がスタートしないだなんて、落とし穴にもほどがある。

十五分は捜していただろうか、癖のある文字に目が慣れたころ、ようやく私の名前が書かれたボードを見つけた。紐づけ完了。

迎えのドライバーに促され、車に乗り込む。車内はひんやりとクーラーが効いていた。ホッと息をつく。

ドライバーがカーステレオをつける。民族音楽の、ガムランの音が心地よい。これぞバリって感じ。東京のリラクゼーションサロンで散々聴き慣れた音楽が、ようやく私にバリを実感させてくれた。「東京のバリ」が「本物のバリ」の証明になるなんて、変な話だ。バリじゃなくてパリだったら、「ああ、これが凱旋門ね」となるところ。バリに着いてから、答え合わせばかりしている。

滞在中は、予定通りとことんボーッとした。海は遠浅過ぎて泳ぐことはできなかったが、その分プールを満喫する。絶景と自分の足先だけをフレームに入れる、インスタグラムでよく見るタイプの写真も撮った。これもある種の答え合わせだ。

朝食のたびに出されるトロピカルフレッシュジュースは、いつだってキンキンに冷えていた。なのに、目玉が飛び出るくらい、甘くて美味しい。これぞリゾートと、おかわりまでして、ゴクゴク飲んだ。

デッキチェアに寝そべり、普段はしない読書もした。一日に一度はマッサージにかまけた。八年ぶりの休暇は、頭の中のチェックリストに並んだ「リゾートっぽいこと」をひとつずつこなして過ぎていった。

予想外のこともあった。日焼けとは、体の一番外側の皮が一時的に焦げること。そう思っていたが、四十歳を超えてからのそれは、まったく違ったのだ。

言うなれば、体の内側に潜んだシミ予備軍が、いちいち太陽光線に叩き起こされるような現象。赤く灼けるより先に、肩や胸元がシミシミになった。中年にとって、太陽はシミの目覚まし時計でしかない。

最終日の朝、いつものようにフレッシュジュースをオーダーしたら、初めて「砂糖と氷は加えますか？」と尋ねられた。糖分を足されるのも水で薄まるのも嫌なので、どちらもいらないと答えた。

いよいよになって出てきたジュースは、毎朝飲んでいたそれとはまるで違う味だった。ねっとりと喉に張り付き、生臭さすらある。美しくパッケージされた南国リゾートのフルーツではなく、プリミティブな土着の果物の味だった。

なんてこった。私は今日まで、人工的に甘みを加えられ、溶けた氷で薄められた果物の汁を、ありがたがって飲んでいたのだ。「これぞリゾート！」なんて言いながら。

このジュース事件に、私の休暇のすべてが集約されていたように思う。旅行者用に美しくトリミングされた、有り体のリゾートライフ。都市生活者がうろたえないよう、綺麗にフォトショップされた海や果物。それをなぞって、ご満悦の私。

なんとも即物的で、私らしいと思った。しかし、それは身悶えするほど楽しかった。だから、これでもいいのだ。

私の種は芽吹かない？

二人の熟練ＭＣと、一人の凄腕ＤＪからなるライムスターをご存じだろうか？　彼らは日本のヒップホップカルチャー黎明期《れいめいき》から活躍する、日本語ラップ・グループだ。二〇一九年で結成三十年。私がファンになってからは、二十八年が経った。

大学時代、私は彼らと同じソウルミュージック研究会のサークルに所属していた。一緒に遊んでいた先輩と同期が、いまでは武道館ライブも経験した大御所になったことを感慨深く思う。

日本ではまだまだ誤解されがちだが、ヒップホップは音楽ではなく、主に三つの要素（四つという説もある）からなる文化であり、ラップはその構成要素のひとつ。残りの二つは、ブレイクダンスとグラフィティー。四つの場合は、そこにＤＪが加わる。

一九七三年生まれの私がこの世に誕生したときには、すでにこの文化はアメリカに存在していた。それから四十年以上も経ったのだから、正しい知識が日本にもう少し浸透しても良いのにと思う。

暴力や犯罪やチェケラッチョーとばかり結び付けられることも多いヒップホップだが、そういうことではないのだよ。ヒップホップは、周辺化された人々が生活から生みだし、のちに世界を席巻した文化なのだ。愛好家にとっては、日々を生きるための哲学なのだ。大学生当時、私の周りでヒップホップを嗜む人々は、凡庸な言い方をすれば、「尖って」いた。ユニークな髪形をしたり、ズルズルとズボンを腰穿きしたり、まともな大人が顔をしかめるような格好の人たちが、お金をかけずに知恵と工夫で新しい遊び方をひねり出していた。

突飛な格好をしていたからと言って、反社会的な行為に勤しんでいたわけではない。既存の社会規範に退屈し、新しい価値観を創りだそうとするエネルギーに溢れた、キラキラした人ばかりだった。好きなことをやって、自由に生きていく気概にあふれていた。私はその姿に心から憧れた。

あれから三十年。ライムスターは健在だ。

今年も、ライムスターがさまざまなジャンルのミュージシャンを招いて催す野外音楽フェス、『人間交差点』に足を運んだ。昔からのファンが、小さな子どもを連れてきても一緒に楽しめるよう、会場にはキッズスペースが設けられている。九〇年代のキッズたちが大人になり、多くは家庭を持つようになったわけだが、「久しぶり！」と挨拶を交わす旧友たちの足に、愛らしい子どもがまとわりついているのが不思議でたまらない。

親になった人々の、我が子を見守る優しい眼差しを見て、私は壮大な置いてけぼりを食らったような気持ちになった。

世間体に背を向け、自由奔放に生きていたはずのご同輩たちには、いつの間にか子どもがいる。私も同じように生きてきたはずなのに、どこで道が分かれたのだろう。なぜ、みんなちゃんと大人になれたのか。いや、私だってちゃんとした大人なのに、なんでこんな気持ちになるのだろう。

子どもがいるからと言って、「あなた、変わっちゃったわね」なんてことはない。みんな、昔と同じように自由だ。自由に伴う責任だって、ちゃんと背負っている。

ならば、彼らは自由に生きる選択のひとつとして結婚を選び、子どもを持ったことになる。それは、私にとってこの上なく恐ろしい事実だ。だって、妊娠適齢期だった私にとって、「結婚」と「妊娠・出産」は、自由を手放す象徴だったから。

私にも、結婚しなきゃと無闇に焦った時期がある。振り返れば、あれこそ世間体を気にしてのことだった。

時限爆弾が爆発するように、いや、もう少し穏便な言い方をするならば、地中の種が春を感じて芽吹くように、家庭を築きたいと自然に願う時期が、誰にでもくるのだろうか。私には、その種が植わっていないのだろうか。私はいつまで、こんなことに気を揉んでいるつもりなんだろう。

家庭を持つことが、自由の侵害と同義だなんて、私はちょっとイカれているのではないか。人は一人では生きられないと、頭ではわかっているのに。

フェス自体は天候にも恵まれ、素晴らしいものだった。ライムスターは進化し続けている。観に来た人々も、家庭を築き子を育て、立派な進化を遂げている。一方で、私の頭のなかは嵐が吹き荒れっぱなしだった。

変化を恐れないのもヒップホップ文化の特性だが、ぐずぐずと変われない私が、いちばん格好悪いのかもしれない。古い価値観に囚われたまま、新しい価値観を生み出せずに、存在しない敵と戦っているだけのような気がしてきた。

ま、これはこれで楽しいからいいのだけれど。というか、グチグチいうのも含めて、この人生が好きなのだけれど。

「なにもしない贅沢」にソワソワ

休日がなんのために存在するかと言えば、それは休息のためである。当然だ。しかし、なにをもって休息とするかは、人それぞれ異なる。

休めねばならぬ箇所は、複数ある。精神と肉体だ。これを一度に満足させるのが難しい。心身ともに疲労困憊《こんぱい》のうえ、寝不足のままオールスタンディングのライブへ行けば、ストレスは解消できるが、身体の疲労は取れない。体力の回復を優先し、家でじっとしていると、身体は休まるが気分転換にはなりづらい。

休息には集中力も必要だ。山登りや編み物など、スイッチをパチンと入れ替えるように気持ちを切り替えられる趣味があると、平日にあった嫌なことはしばし忘れられると人は言う。言いたいことはわかるけれど、私にはそのスイッチが見つからない。

誰かに会ってリラックスできる場合もあれば、ひとりでいることが心の弛緩《しかん》を生むときもある。加えて、精神と肉体の両方を満足させる休み方は、その日の調子によっても異なる。よって、疲れ具合をよく観察し、休息の種類を選ぶ必要がある。

まどろっこしく書いたが、要は、休息は休息で面倒臭いってことだ。休みの日になにをしようかと考えあぐね、頭がより疲れてしまったことはないだろうか。私にはよくある。

休み方すら思いつかない自分に嫌気もさすが、どんなときだって、都合の良い言い訳は、たいてい世間が先に考えてくれているから安心しよう。こういう場合には「なにもしない贅沢《ぜいたく》」という言葉を採用する。

土日の両日が休みだったら、どちらか一日は、文字通りなにもしない。小学生時代から継続力に難ありと言われた私だが、なにもしない休日の継続だけには自信があった。

なにもしない休日は一日中パジャマでいるし、まともな食事も取らない。その辺にあるものをつまみ、ベッドに戻る。夕方五時くらいになると後悔が襲ってくることもあるが、それにも慣れた。

慣れたはずの怠惰な休日だが、ここ一年は昼前になるとソワソワするようになった。なにかしないと勿体《もったい》無いのではと、焦燥感だけが募る。こんなことは今までになかった。継続力の危機だ。原因を突き止めなくてはなるまい。

まず、平日に規則正しい生活を送るようになったせいか、寝坊ができなくなった。休日でも午前八時には目が覚め、ノロノロと起きて水分を取り、ソファに座って外を眺める。早く起きてしまうのは、生活習慣の変化のせいだけではなく、加齢のせいもあるだろう。起きてしまったものの、前夜に夜更かしはしているので、まだ眠い。

九時を過ぎると、家の周りがやおら賑やかになってくる。レジャー施設の前に立つこのマンションに引っ越したのは一年半ほど前。開園が九時半のため、九時ごろからちらほらと人が集まってくるのだ。

パジャマのまま、半開きの目で列を作る家族連れを窓から眺める。なんと尊い人々だろう。休日の九時にここにいる彼らは、七時には床から出て身支度をし、朝食をとって家を出ているはずだ。ということは、前夜は〇時前には就寝しているってこと。ますます尊い。

ならばサッとシャワーでも浴びて、散歩に出掛ければよいのに、私はいつもそのまま昼を迎えてしまう。勿体無いオバケに取り憑かれ、かといってやりたいことがあるわけでもなく、申し訳程度に洗濯機を一度だけ回す。回したからには、干さねばなるまい。

そこでハタと気付く。私は休息にも生産性を求めている、と。

合理性や生産性を追求する平日からの解放が、休日であり休息の姿であるはずだ。充足ばかりが美徳ではない。休日の質を、出来高に求めてはいけないのだ。やはり、なにもしないことが一番だ。朝早く目が覚めてしまうのならば、なにもしない時間がそれだけ増えたことを、喜んでもいいくらい。

窓からの眺めが気に入っているので、引っ越しは当面考えていない。休日を活発に過ごす人々だけが視界から消える術はないので、薄いカーテンだけでも閉めておこうか。

私だってモデルサイズ

モデルになりたいなら、一般人よりうんと痩せていないとダメ。古い、古すぎる。そんな考え方は、せいぜい二十一世紀最初の十年まで。もう、とっくに終了しているトレンドだ。

嘘だと思うなら、〝Ashley Graham〟の画像を検索してみてほしい。画像のバリエーションを楽しむため、敢えてアルファベット表記でググることを忘れずに。あなたは彼女の美しい肉体に驚き、魅了され、自信に満ち溢れた笑顔にノックアウトされるだろう。

アシュリー・グラハムは、押しも押されもしないアメリカのトップモデルだ。一般的なモデルとは異なり、かなりふくよかな体つきをしている。お腹も出ているし、脚にも二の腕にも、たっぷり肉がついている。お尻なんてハチャメチャに大きいし、太ももには当然、セルライト。フォトショップされた写真もあるけれど、インスタグラムでは、アシュリーはそのままの写真を投稿している。

日本サイズで言えば、アシュリーは十九号。一般的な洋服売り場には置いていない、俗に言う〝デブ〟のサイズだ。しかし、〝デブ〟で片付けられるのは、日本だけのお話。プラスサイズモデルの地位が高いアメリカでは、彼女の人気はうなぎのぼりなのだ。ここ数年は、トークショーや授賞式のレポーターなど、テレビタレントとしても活動している。

大きな体の持ち主のひとりとして、私もアシュリーに夢中だ。彼女の写真を集めたり、動画を見たり、彼女がモデルを務めるブランドで、水着を新調したりした。美しいアシュリーを見るたびに、私まで誇らしい気持ちになる。

さて、先日のことである。試着室の鏡に映った下着姿の私は、なんとアシュリー・グラハムだった。

一般的には「太った」の一言で片づけられる事態なれど、並々ならぬ興奮が私を襲った。強い憧れは、やがて具現化する。普段ならガクンと落ち込む場面で、鼓動が高鳴った。だって、モデルのアウトラインに自分の輪郭がぴったりとハマることなんて、生まれて初めてだったから。

下着姿のまま、でっぷりとした尻や腹を丸出しにし、大きな鏡の前でアシュリーのようにセクシーなポーズをとる。うん、悪くない。どのポーズもキマっていて、思わず今後の身の振り方を考えたほどだった。

正気に戻れば、首から下が同じでも、私がアシュリー・グラハムではないことぐらいわかる。けれど、鏡に映る己の肉体を見て「モデルと同じ。悪くない！」と感じて見入ったあの瞬間は、最高に気分が良かった。胸にたぎるものがあった。いままでなら、鏡から目を逸らし、見なかったことにしていた瞬間だ。

人気プラスサイズモデルは、アシュリーだけにとどまらない。イスクラ・ローレンスはもはや殿堂入りだし、マイラ・ダルベシオ（彼女のサイズはたったの十三号！）はカルバンクラインのモデルを務めたこともある。

タラ・リン、ステファニア・フェラーリオ（彼女は「従来のモデルより体が大きい」という理由だけで、プラスサイズモデルと呼ばれることは嫌がっているようだけど）、ジョーディン・ウッズ。どのモデルからも、己の肉体を愛し、尊重していることが、表情やポーズから真っ直ぐ伝わってくる。「彼女、太ってない？」なんて疑念は、こちらに微塵《みじん》も抱かせない。

彼女たちは大胆で、セクシーで、キュートで、個性的。そして、自信たっぷり。意地悪を言ってくる無粋な輩には、時に辛辣《しんらつ》なジョークで、時に真面目な意見でガツンと言い返す。

もし、彼女たちに「綺麗だけど、もうちょっと痩せてたらねぇ」なんて言おうものなら、周りからも白い目で見られるんだから、良い時代になったものだ。

　少し前まで「世間の普通」からはみ出していたあれこれが、どんどん肯定的に提示されるようになってきた。かつての「普通じゃない」が頻繁に人の目に留まるようになると、それはやがて羨望の眼差しで受け容れられる。こういう風に、価値観がひっくり返る瞬間に立ち会うのが、私はたまらなく好きだ。

　個人的には、ふくよかな体は食べる行為を彷彿とさせやすいので、セクシーに映るんだと思っている。食べる行為って、セックスと似ているから。

　ちなみに、私は筋骨隆々ならぬ、「筋肉隆々」の女性モデルたちにも注目している。だって魅力的なんだもの。華奢でも、ふくよかでも、「筋肉隆々」でもなんでも、魅力的なものは魅力的なのだ。

我が家の「賢者の贈り物」

その日は思ったより早く仕事が終わり、デパ地下で夕飯を買って帰ることにした。家事担当のパートナー氏は、長く風邪をこじらせている。作るのもしんどいだろうと、気を利かせたつもりだった。常々、帰宅の際には必ず連絡が欲しいとは言われていたが、ちょうどスマートフォンの電池が切れていて、それは叶わなかった。

パートナー氏の好物を両手にわんさかぶら下げ、家に着いたのが六時過ぎ。「ただいま」と声に出したが、返事はない。

リビングに入ると、パートナー氏は薄暗いリビングで私に背を向けたまま「なんで、帰る前に電話一本できないの？」と言った。こちらを見ようともしない。パートナー氏がぶっきらぼう投法でぶん投げた言葉が、壁にバウンスして私のみぞおちあたりに当たった。オエー。

私は瞬間ウンザリ器なので、一瞬でなにもかもが、心底嫌になってしまうところがある。そこに怒りも加わって、「携帯の電池が切れてたんだよ！」と、私は大声を出し、自分の荷物と買ってきた総菜を、床にバーンと放り投げた。大好物ばかり買ってきたのに！　人の気も知らないで！

その日はプレッシャーの多い業務ばかりで、私はほとほと疲れていた。やることはいつだって溜まっているので、風邪っぴきのパートナー氏がいなければ、仕事場に戻ってもうひと仕事片付けることもできた。体調を気遣い、夕飯持参で早めに帰ってきたのにこの扱い。ああ、ウンザリ。

荷物を床に放り出したまま、自室へ向かう。すると、キッチンから微かに良い匂いが漂ってきた。どうやら先方は先方で、病をおして夕飯の下ごしらえをしていたらしい。なるほど、それで不機嫌だったのか。しかしもう遅い。一度抜いた刀はそう簡単には鞘に収められない。

家事担当のパートナー氏が、私に帰宅時間の連絡を義務付けるのには訳がある。料理を作る者として、ベストなタイミングで食べてほしいという願いが、強くあるからだ。帰宅時間がわからないと、準備が万全にできないのだそうだ。

私は、できるのを待つのはかまわないし、少し冷めたものを食べるのも気にならない。しかし、それは作り手の矜持《きょうじ》に反するらしい。

自室のベッドにふんぞり返り、ならば氏が先に「今日は夕飯あります」と連絡してくればよかったではないかと思った。まあ、驚かせたかったのだろう。電池が切れていたとはいえ、デパ地下で買い物をする私にも、その思いはあった。互いのサプライズ！が裏目に出た。

　マジョリティとは男女の役割が逆の我が家では、気付かされることが多い。そのひとつが、「男ってさ」「女ってさ」と、まるで男女が生まれながらにして持つ性質と思われがちなことのほとんどが、性別ではなく役割に起因するってこと。

　男だって、家事担当になれば、「今夜、夕飯はいるの？　いらないの？」と、報連相《ホウレンソウ》が遂行されないことにイライラする。女だって、仕事にかまけていれば、連絡を忘れたり、連絡の重要性を軽んじたりする。

　男だったらこうは言わない、女だったらこんなことはしない、は単なるまやかしだ。性別と役割の結びつきが強固な社会だから、そう思ってしまうだけ。現実には、役割と権力（経済力と比例しがちなのが野蛮なところ！）の違いが、発言や行動に傾向を生む。そこに男女の差はない。

　さて、まるで品のないＯ・ヘンリー『賢者の贈り物』になってしまった私たちだが、あの夫婦だって、現実に存在したら、あれほど物分かりが良かったとは思えない。夫からのプレゼントを前に、妻は「あーあ、あの時計を質に入れちゃうとは思わなかった。相談してくれればよかったのに」と愚痴るだろう。

夫は夫で「君はいいよな。髪の毛なんて、そのうち伸びるんだから」と嫌みを言う。ムカッときた妻は「じゃあ、この櫛を質に入れて時計を戻せば？　私はかまわないけど」と突っかかる。そんな姿が目に浮かぶではないか。

気心知れた間柄ほど、互いを思い遣る気持ちを忘れがちだ。ここにも性差はない。

観光ベタは惑う

確信犯的に夏休みを取り逃がした。二年連続で取ったから、今年はもういいだろう。しめしめと思いながらも、年末の背中がうっすら見え始める季節になると、来年の夏までにはどこかで休んだ方が良いなと、後ろめたい気持ちが募る。

どうやら、私は長めの休みを取るのが苦手らしい。正確に言えば、長めの休みを取るために、前後のスケジュールを調整するのがめんどくさい。一週間程度の旅行をプランするのも、得意とは言えない。そんなことをするくらいなら、休みがない方が気楽なことに気付いてしまった。

恥ずかしながら、歴史や地理といった教養の範疇《はんちゅう》に入る事柄に、私はいつまで経っても興味が持てない。名所旧跡への情熱もない。訪れたことのない国の、よく知らない建造物を観ようという気にならない。だから、観光を目的とした旅行に行ったことがほとんどない。

なんと情けない大人だろう。将来のためにと無理をして、高校生の私を連れて一週間の欧州弾丸ツアーを回ってくれた、亡き母親に申し訳が立たない。イタリア、フランス、ギリシャ、スイス、あともう一か国訪れた気がするが、どうしても思い出せない。

フランスでベルサイユ宮殿を訪れたのは覚えているが、中身はまるで記憶にない。セーヌ川下りで船の最前列に座ったご婦人が、やけに意地悪だったのは覚えている。

イタリアはローマだったのかフィレンツェだったのか、その両方だったのかも覚えていない。道端で買ったジェラートは美味しかった。

ギリシャの海は、日本で見たことのない深い青に染まっていた。遊覧船に乗るとカメラマン風情の男女から勝手に写真を撮られ、船から降りるときには、もうその写真がデッキで売られていて驚いた。なにげなく入った文房具店で見つけたノートが可愛らしく、ずっと使えずに数年前まで大切に持っていた。

弾丸ツアーで最も強く記憶に残っているのは、スイスのホテルで食べたエクレアだ。いまだ、あれ以上のエクレアに出会えていない。

どの国でも名所旧跡を訪ねたはずだが、私の記憶にはなにも残っていない。以上、私とヨーロッパの記憶。

私が好むのは、非日常的な環境で、変わらぬ日常を過ごす旅だ。滞在型のリゾートホテルで昼寝をしたり、テレビを観たり観なかったりして過ごす。気に入れば、同じような場所に何度でも行く。

友達が住む国を訪ねるのも好きだ。スーパーへ行ったり、ショッピングモールで買い物をしたりする。旅のしおりが必要ないような旅こそが、私を解放するのだ。

しかし、同行予定者であるパートナー氏は、その手の旅を好まない。むしろ憎んでいる。

実は、バリ島の翌年にタイのサムイ島を訪れたのだが「こんな資本主義的な空間には、もう一秒もいられない！」と怒ったパートナー氏は、奮発して取った高級ヴィラをひとり飛び出し、市街のホステルに泊まりに行ってしまった。こんなわがままな人、なかなかいない。まぁ、サムイ島自体はとても楽しかったので、その話はまた今度。

「私の友達が住んでいる国に行こうよ」とパートナー氏を誘ってみたこともあるが、「じゃあ、現地では別行動ね」とつれない。パートナー氏は日本でも、私の友達に会ったことがほとんどない。友達はみな、森の妖精だと思ってあきらめている。

パートナー氏は、いろいろな面で私と真逆の人間だ。読書家だし、旅に関して言えば、知らない土地の歴史や風土に、興味津々なタイプ。都内で散歩をしていても、立ち止まって史跡看板をしっかり読んだりするから驚く。つい先月は、ひとりでシルクロードを逆走していた。逆走といっても、どこからどこへ向かったのか、私はよく知らないけれど。

パートナー氏が、いま一番行ってみたいのはモンゴルだそうで、君もどうかい？　と誘われた。ゲルのなかで途方に暮れ、市街のホテルにこっそり部屋を取る自分が目に浮かぶ。私だって、負けじとわがままなのだ。

フランスと日本。生きやすいのは？

日本の女は、フランスが好きだ。未だアメリカ商業文化にどっぷりな私ですら、ティーンエイジには雑誌『Ｏｌｉｖｅ』の洗礼を受け、リセエンヌに憧れた過去がある。だいたいの日本の女が、人生のどこかでフランスを好きになるのかもしれない。そうでないと、この現象に説明がつかない。「フランス人は〇〇」みたいなタイトルの本が、常に書店に並んでいる、この怪現象に。

書店の女性エッセイコーナーを見てみてほしい。フランスの衣食住に関する書籍は、ほかの国のそれに比較して明らかに多い。フランスは安定感のある人気コンテンツなのだ。あの『フランス人は10着しか服を持たない』（二〇一四年刊）には、続編がいくつもあるのをご存じだろうか。

時間があったら、Ａｍａｚｏｎで「フランス人　エッセイ」というキーワードで検索してみてほしい。フランス人はこうだ！　と決めつけるようなタイトルの、女性向けエッセイがたくさん出てくる。

書籍のタイトルから察するに、フランスの女は個性を重んじ、年齢や流行に囚われず、拝金主義に背を向け、好きなことをして、いつでも恋をし、自分だけの価値観に則って、自由に生きているようだ。なんと理想的な生き方！

この手の本が次々に出てくるってことは、どれもそこそこ売れているということ。悲しいかな、日本の女が逆の社会で生きているからだろう。個人より集団を重んじ、流行り廃りや若さに囚われ、お金の心配は尽きず、好きでもないことをして、恋もせず窮屈に生きる。書き出すと泣けてくるが、当たらずといえども遠からずではなかろうか。

先日、フランスに住む高校時代の同級生と十五年ぶりに会った。彼女は十年近くパリに住み、現地採用でフランス企業に勤めている。東京に長期出張中だったので、焼き鳥でも食べようということになった。

久しぶりに会う中年女お決まりの台詞「変わらないねぇ～」でお互いをねぎらったあと、ジューシーなせせりやねぎまを頬張りながら、私たちは十五年分の近況報告をしあった。

私は単刀直入に、両国の違いを尋ねてみた。なにせ、日本女性が憧れて止まない国である。と同時に、現大統領は〝弱冠〟四十歳。妻は二十五歳年上の恩師だ。これが日本なら好奇の目にさらされ、かまびすしい噂が止むことはないだろう。そもそも、どんなに優秀でも「みんなとかなり違う」人が首相に選ばれる可能性は著しく低い。

曰く、彼女の周りのフランス人も、日本人と同じく噂話や悪口を好むそうだ。しかし、村社会的な「みな同じであるべき」論をベースにしたバッシングが起こることはなく、最終的には「まあ、私には関係ないことだけど」と着地すると言う。

好き勝手に俎上には上げるが、集団で断罪はしない、ということか。どんなときでも「人それぞれ」と思えるなんて、いつまでもいじめっ子みたいなことをやってるどこかの国の大人たちとは大違い。

しかし、彼女に言わせれば、この個人を重んじる文化こそが諸刃の剣なのだとか。たとえば、公共のインフラやサービス業で問題が起きても、窓口の担当者は「まあ、私には関係のないこと」と無下に突き放すらしく、それはそれで、日常を滞りなく進めていくのに厄介なのだとか。

日本ならば、たった五分電車が遅れたとしても、会社が起こした問題は社員ひとりひとりが負うものだと、駅員は平身低頭の対応をするだろう。それが過剰なのは問題だが、そこで「そうですか。駅員とは言え、私にはどうすることもできませんが」という態度を取られたら、私だってムカッときてしまうだろう。

駅員の態度で遅延が解消されるわけでもないのに、そんなことを思うなんて、私のなかにも、「みんなが等しく我慢しなければ不公平。自分勝手は許されない」と考える向きがあるのかもしれない。「あなたの責任でもあるでしょう？」と、責任を負いきれない人に言いたいのかもしれない。そう思うと、自分がちょっと恐ろしい。

化粧と通勤電車

月曜日から金曜日は毎日、赤坂でラジオの生放送の仕事がある。新卒から十二年ほど会社員生活をしていたが、毎朝決まった時間の電車に乗るのは初めてだ。最寄り駅から赤坂までのあいだに利用する千代田線は、日比谷や霞ケ関のような官公庁所在地や、大手町や二重橋前といったオフィス街を通過する。私が乗る時間に公務員はおらず、ほとんどの乗客は会社員とお見受けする。大手町に通勤するサラリーマンと一緒に乗車するだけで、私も真人間の仲間入りをした気持ちになり、とても気分がよい。

乗車している女性の多くは、きちんと化粧をしている。女なら当然と思われるかもしれないが、こちとら年々、顔面がミニマリスト化しており、普段は眉毛を描くだけだ。それすらしない日も多い。それを職場の誰に咎《とが》められることもない、恵まれた環境に感謝している。

メイクアップは嫌いではないが、私にとっては仮装の一種。毎日がハロウィンとなると、さすがに辟易してしまう。化粧は夜遊びの前に、音楽を聴きながらダラダラやるのが楽しい。

もちろん、毎朝の化粧を楽しんでいる女もいるだろう。しかし、平日に「今日はすっぴんで」という選択肢は、持ち合わせていないような気がする。しなければしないで、お堅い会社ほど、「社会人として、女性の嗜《たしな》みとして、どうなのか？」と疑問を呈してくる人がいるだろうし、濃ければ濃いで、眉をひそめられることもある。文句を言ってくるのは、男ばかりとは限らない。「人にきちんとした印象を与えることリスト」の上位にメイクアップが入っているのは、女の受難だ。

顔を洗ってひげを剃《そ》るだけの男たちに比べたら、朝の忙しい時間に、女が踏まねばならぬ手順は格段に多い。女たちが無意識のうちに行っている作業工程を、ここであらためて確認しよう。フルコースの手順は以下の通りだ。

まず、洗顔後に化粧水と乳液を肌に塗布する。次に、日焼け止め効果を兼ねた化粧下地クリームを塗る。それからファンデーションを塗って眉毛を描き、アイシャドウ（一色ではない）をまぶたに。人によってはコンシーラーと呼ばれる濃いファンデーションで、シミを隠しアイラインを引き、ビューラーでまつげをクルンとさせたらマスカラを塗る。頬紅を叩き、口紅を塗ったら準備完了だ。朝、シャワーを浴びる人なら、髪を乾かしセットする行為も加わる。ふぅ。書きだすだけで、疲れてきた。

すべては消耗品であり、短くて一カ月、長くて数年もつ。ファンデーションやマスカラの進化は日進月歩で、アイシャドウの流行は四半期に一度訪れる。

当然、コストがかかる。多少なりとも流行を採り入れないと、顔は一瞬で時代から取り残されるからだ。バブル期の女性をイメージしたファッションとヘアメイクで人気を博した女性芸人を思い出してほしい。デフォルメはあるが、八〇年代にはアレが普通だった。多少の流行を意識して基礎化粧品やメイク用品をそろえるとなると、安くて月に数千円、上は天井知らずだろう。一生分を計算すると、ゾッとする。

朝のラッシュ時、電車は五分おきにホームへ滑り込んでくる。八時から九時半までを通勤時間のコアタイムと考えた場合、数千人、数万人の女性が一連の作業を経てから乗車していることになる。

慣れてしまえば、化粧自体は十五分程度で終わる。とは言え、なにごともチリツモで、五十二週のうち平日の五日間に毎日十五分で計算すると、約六十五時間にもなる。睡眠時間にして、約十日分だ。

この一カ月、ものは試しと、私も毎朝、化粧をしてから通勤電車に乗るようにしてみた。期間限定の #ジェーン・スー・メイクアップ・チャレンジ で、正真正銘の真人間になってやる。早起きしてシャワーを浴び、髪を乾かしてファンデから口紅まで、ひと通りやってやる！

結果、私はほとほと疲れてしまった。毎朝化粧をすること以上に、化粧をしていると、面倒がどっと増えることに。

汗を掻いても、ハンドタオルでゴシゴシ顔を拭けない。通話ごとに、携帯電話の画面が汚れる。お直し用のポーチを持ち歩かなければならない、などなど。最も憂鬱だったのは、毎晩のメイク落としだった。メイクをしていると、ソープでバババッと洗って終わりとはいかないから。面倒、面倒、ただただ、面倒。

と同時に、眉毛を描いただけで再び電車に乗る自信がなくなった。素顔が恥ずかしくなってしまったのだ。

言うならば、化粧は男性のカツラのようなもの。一度やり始めると、公共の場で脱ぐタイミングを逸してしまう。スキンヘッドの男性、大好きなんだけどなぁなんて思っていたが、今なら彼らの気持ちがわかる。自分の問題なのだ。ああ、私たちってつらいわね。

「ごめんなさい」とベビーカー

駅ビルで、エレベーターが来るのを待っていた。前に並んでいたのは、老夫婦とベビーカーの母子が二組。

エレベーターが到着し、老夫婦とベビーカーを押す母親たちが先に乗る。私はあとに続いた。ドアが閉まると、母親たちは後ろを振り返り「ごめんなさい」とすまなそうな顔で私に謝った。

はて、彼女たちは私になにか迷惑をかけたっけ？　足を踏まれたわけでも、ベビーカーのせいでエレベーターに乗れなかったわけでもない。思い当たる節のないまま三階でドアが開き、彼女たちはまた「ごめんなさい」と言いながら降りて行った。

狭いエレベーターにベビーカーを二台入れたことに対し、英語の Excuse me. と同義、もしくは手間や小さな迷惑を掛けたことを詫びる「すみません」を言われるなら理解はできる。私が大きなトランクを持ってエレベーターに乗っても、同じように言うだろう。

しかし、陳謝のムードを存分にまとった「ごめんなさい」を言われると、たちまち胸の中に靄《もや》が立ちこめる。そんな風に謝らなくてもいいのに、と思う。

この、謝罪の必要が感じられない場面での「ごめんなさい」には既視感があった。子どもを持つ女友達との会話で、何度も聞いたことがある。子どもと一緒だろうがなかろうが、母親になってから、彼女たちは頻繁に謝るようになった。

行き違い、勘違い、もの忘れ。ちょっとしたことでも、申し訳なさそうに謝る。すると別の母親が「そんなことはない、悪いのは私だ」と謝る。まるで喫茶店のキャッシャー前で伝票を引っ張り合う人々のように、彼女たちは伝票に書かれた「非」のコストを請け負いたがる。

私の周りに限ったことかもしれないが、既婚か否かに関わらず、子どものいない女性が、ちょっとしたことに謝り倒すのを見たことがない。謝罪コミュニケーションを用いるのは決まって母親だ。嫌な予感がする。

母親になった女友達に、失礼を承知で尋ねてみた。曰く、子どもを持つと自分以外のことで謝る機会が増えるのだそうだ。

子どもという同行者がいれば、謝罪の量が増えるのは理にかなっているようにも思う。しかし、自分だけにかまけていればよかった時代に、彼女が「ごめんなさい」とすまなそうに謝っていた記憶はない。量が増えたことより、謝罪の質が変わっていることが気になる。

突っ込んで尋ねると、嫌な予感は当たっていた。「喜んでかまってくれる人もいる」と前置きし、彼女は続けた。「泣いていようが笑っていようが、子どもが自分と同じ場所にいるだけで、気に入らないという人もいるの。父親が一緒のときは、明け透けな不快感を、同じように示されはしないんだけど」。

暗澹《あんたん》たる気持ちになった。それなら母親は平身低頭で謝るしかない。不屈の精神を貫《つらぬ》こうものなら、子どもが被害を受けることもあるだろう。これではまるで、子ども嫌いに子どもを人質にとられているようなものではないか。

怒る側の心中を察するに、子どものせいで、いかなる不愉快や不都合が引き起こされるのも許せないのだろう。子どもという存在は、親が自由自在に管理できるものだとも思っている。自分が子どもだったことは当然忘れているし、この先、老いて誰かの手助けが必要になったり、車椅子に乗ることになったりする可能性を、想像する力はない。

母親になった女友達の謝り癖は、子どもが巣立てばやがて消えていくのだろうか。子どもの養育だけでも大変なのに、世間から母親に掛かる負荷が大きすぎやしないか。

「伝える」の先にあるもの

ラジオという絵のないメディアでは、嘘を言うと、なぜかすぐにばれてしまう。声色や会話の間《ま》というものは、本来、なによりも雄弁なのだろう。

　書く仕事と並行して、ラジオパーソナリティを始めて八年、ようやく「しゃべる」「読む」「伝える」の違いがわかるようになってきた。

「しゃべる」が有効なのは、聞く相手と既知の関係にある場面。多少の気遣いは必要ながらも、思いついたことを、思いついた順に口にしても問題はない。あとから説明を加えたり、訂正したりも気楽にできる。おしゃべりでは、声に乗る個性や情感が、言葉以上に雄弁になる。「困った」と言いながら実は喜んでいるとか、「心配だ」と言いながら野次馬の好奇心が高まっているとか、内心では違うことを考えているのが伝わってしまうのだ。つまり、腹を探られたくない相手との会話で「しゃべって」はいけない。

「読む」は、読まれる原稿の存在あっての行為。読み手には、なにより音読の技術が求められる。個性は邪魔になることが多く、技術が伴わないと、読み手の抑揚や発音の癖ばかりが耳に残って、内容が入ってこない。「伝える」は最も難しい。「しゃべる」と「読む」は行為だが「伝える」は目的だ。「しゃべる」では聞く相手と時間を共有できるが、「伝える」は相手の時間を拝借する。きちんと聞こえることが大前提で、音読の技量に加え、聞き手の環境や心持ちを察する力も必要となる。

　この違いに無自覚なままラジオでしゃべると、普段は隠している、腹に溜まったコールタールが言外に漏れ出してしまう。「この人は自分に酔っているな」とか「強気なようで、自信がないな」とか、知られたくないことが言葉より先に伝わってしまうのだ。

　主観を伝えるには主観を捨て、俯瞰《ふかん》で自分を眺め、自身の皮膚を一枚ずつ剝ぐような作業が求められる。書く作業と、少し似ているかもしれない。

　先日、仕事仲間に誘われて、立川志の輔さんの独演会へ足を運んだ。恥ずかしながら、私は落語についてはまるで無知。始まる前は、長丁場に耐えられるかさえ、不安だった。

　その日最後の演目は、古典落語の「井戸の茶碗」だった。これがすこぶる面白い。恥を承知で書くが、マクラと呼ばれる身近な話から演目への入りがあまりに滑らかで、つなぎ目すらわからなかった。

　目の前の志の輔さんは、座布団に座り「しゃべって」いるように見えた。次第に、志の輔さんが口を開くたび体を動かすたび、頭のなかにどんどん映像が浮かんでくるようになった。そこでようやく、もう本題に入っていると気付く。

これって、すごいことだ。「しゃべる」から「伝える」に一足飛びだもの。目を離さず聞き入っていたのに、知らぬ間に話の舞台が変わっている。まるでイリュージョン。物語を「読む」段階は、一瞬たりともなかった。

登場人物は複数いて、すべてを演じているのは志の輔さん。にも拘わらず、どれも違う人の顔に見えてしまう。マクラの段までは、確かに目の前で志の輔さんがしゃべっていたのに、気付いたころには、もうどこにもいない。いや、演じているのは、志の輔さんのはずなのに。頭がどうかしてしまったのかと思った。

脳内にはひっきりなしに映像が流れるが、なにせ私に知識がない。外国で作られた時代考証の乏しい時代劇のような、頓珍漢《とんちんかん》な絵が浮かんでくる。これには参ったが、集中力が削《そ》がれることはなかった。むしろ、のめりこむほど、残像のように登場人物が視界に留まるようになった。幻覚まで見えてしまったのかもしれない。

演目が終わり、舞台から去る間際に、再び志の輔さんが目の前に現れた。いや、そこにずっといたことは、頭ではわかっているのだけれど。

時計を見ると一時間弱が経過していた。あっという間だった。なんにも知らない話なのに、わからないことがひとつもなかった。

志の輔さんから、「伝える」の先には「引き込む」があることを教わったように思う。

口から言葉を吐く生業に就く者として、不意にパンドラの箱を開けてしまったようで身震いがした。底に希望が残っていれば良いのだが。

ハラスメントと権力

ハリウッド映画の著名プロデューサーであるハーヴェイ・ワインスタインの、長年にわたるセクシャルハラスメントが明らかになった。ここ日本でも、連日、大きく報じられている。この事件を皮切りに、彼をはじめ、映画プロデューサーや俳優から性的被害を受けたという声が、そこかしこから次々と上がっている。

私はさほど映画に明るくないが、それでも『パルプ・フィクション』や『恋におちたシェイクスピア』など、彼のプロデュース作品を楽しく鑑賞したことがある。今になって、そこにはかき消された声があったと知り、なんともやり切れない。

ワインスタインの一件が公になったとき、映画業界に身を置く友人は「ハリウッドでワインスタインのパワーが弱まった証」と言った。つまり、いままではもみ消したり、相手を黙らせたりする権力が、彼の手中にあったということ。

セクシャルハラスメントの事件が公になるとき、必ずと言っていいほど「相手（被害者とすら呼ばれないこともある）にも隙があったのでは？」「その気があったのでは？」

「なぜ拒絶できなかったのか？」という声が上がる。蚊帳《かや》の外にいる人々の、想像力の限界を顕著に表す言葉だ。

かく言う私も、肌の露出を抑え、派手な格好を控えれば痴漢にあわないのに、と思っていた時期がある。そういう格好は相手に隙を見せ、勘違いを引き起こすと思っていたのだ。

この考えには二つの間違いがあった。ひとつは、誰がどんな格好をしていようと、他者から勝手に体を触られる妥当な理由にはならず、被害者に落ち度などないこと。

もう一つは、露出度と痴漢被害には、必ずしも相関関係があるとは言えない点である。地味な格好でも痴漢被害には遭うと聞き調べてみると、二〇一〇年に警察庁が電車内の痴漢行為で検挙・送致された被疑者に対して行った調査では「なぜその被害者だったのか」という問いに約半数が「偶然近くにいた」からと答えていた。

「訴え出そうにないと思った」という回答も、九％あった。「訴え出そうにない」女性が、派手な服を着ているとは、私には思えない。

ハリウッドのセクシャルハラスメント告発は、名優のケヴィン・スペイシーにまで及んだ。告発者は男性俳優で、スペイシーから被害を受けたのは、少年時代にさかのぼるという。他にも多くの男性が、彼のセクシャルハラスメントを告発した。

ここで、「彼らにも、隙やその気があったのでは？」と尋ねる人はほとんどいないだろう。同性愛志向を持つ男は、そう多くはないと思われているからだ。

被害者が異性愛者の場合だけ、女は特に、隙や好意があると疑われがちなのには納得がいかない。事件の構造は同じではないか。

ワインスタインの例が表すように、ハラスメントは力と密接な関係にある。痴漢被疑者の調査で「訴え出そうにないと思った」という答えがあったのも、そういうことだ。「悪気はなかった」とか「相手もその気だと思った」というのも、権力の差が勘違いさせること。

では、権力の勾配のみがハラスメントを生むかといえば、そうでもない。思い込みや決めつけも、ハラスメントを引き起こす種になる。「男なら、〇〇でしょ！」とやるのは、ジェンダー・ハラスメントの一種だろう。

思い込みや決めつけのハラスメントについて、私はある程度自覚的に回避することができると思う。育った環境や、時代のおかげだ。間違えても、すぐに気付ける可能性もあり、謝ることもできる。

けれど、分不相応な権力を手にしたとき、私は自分が不遜にならないでいる自信がない。ものすごく鈍感になってしまう、嫌な予感がある。

自分と権力を力ずくで引きはがし、相手を同じ人間として尊重し続けるには、正義や倫理以上に、生きるセンスがいる。常に腰を低くしていればいいという問題でもないし、誰とでもフランクに話せばいいという話でもない。

私にそのセンスがあるだろうか？　権力を笠に着てやりたい放題な連中を見るたび、私は怖くなる。そういう人たちと自分に、決定的な違いなど見当たらないからだ。そういう人たちだって、権力がなかったころには、ただの口の悪い、威勢のいい人だったかもしれない。いまの私のように。

オール・フリー・チューズデー

パートナー氏と私のあいだに、新たなルールが誕生した。その名を「オール・フリー・チューズデー」という。

二人の関係は、五年は超えたが十年には満たない。試行錯誤と紆余曲折を経て、現在は家事がパートナー氏の担当で、稼ぎ手が私の担当となった。「得意な方が得意なことを」をモットーにした結果で、今後、役割をスイッチする可能性は大いにある。

ある日、パートナー氏から「一切の家事から離れ、自分のためだけに使える時間が週に丸一日は必要」と言われ、家事という終わりのない仕事に、終わりを作ることにした。

家事には、定時がない。よって、残業手当も出ない。しかし、仕事の総量は自分では決められない。だから、終わりがない。

洗濯を終えたそばから汚れものは出るし、掃除をしたそばからホコリは舞う。一息ついてお茶を飲めば、茶碗洗いが待っている。すぐに取りかからなければ、昼夜を問わず、溜まっていくだけ。

ひとり暮らしなら溜め込んで、好きなときにやればよい。しかし、誰かと一緒に住むとなると、そうはいかない。長年の家事担当者にとっては、釈迦に説法だろう。毎日、本当にありがとうございます。

巷では、働き方改革なるものが推進されている。政府の広報資料を見ると、「労働時間の短縮と労働条件の改善」「雇用形態にかかわらない公正な待遇の確保」「多様な就業形態の普及」「仕事と生活（育児、介護、治療）の両立」が達成目標らしい。

ならば、外で働く者だけでなく、家事を担う者にも、それ相当の改善があって然るべし。家のことまで政府に介入してほしくはないから、ルールは個々の家庭で作るのが賢明だろう。

我が家の新ルールでは、毎週火曜日の深夜〇時から二十四時までは、お互いに一切干渉せず、好き勝手に過ごしてよいことになっている。

今までも、互いを拘束する決まりは特になかったが、共同生活者を気遣うがゆえに起こる、すれ違いや期待外れ、小さな摩擦は少なからずあった。そういう事柄から解放されるのは、大きな声では言えないが、私にとっても都合が良い。

早速実践してみると、これがなかなか具合が良い。パートナー氏の趣味は登山だ。オール・フリー前夜の月曜深夜から家を出て、火曜日は山でキャンプを楽しむようになった。前の晩から泊まりで行くと、翌朝早くから山に登れるのがいいらしい。雑事が目に入ってしまう、自宅にはいたくない思いもあるだろう。

　山からヘトヘトになって帰ってきても、その夜はなにもしなくてよい。オール・フリーは、二十四時間制だから。以前は不在の時間を埋めるように、ちょこまかと家事をしてくれていたが、今では私の帰りを待たず、大の字になって寝ている。

　新ルール採用で、私が被る損害は一切ない。むしろ、解放感が凄まじい。それまでは毎日、帰宅予定時間を尋ねられれば、聞かれるより前に伝えなかったことを後ろめたく思った。食事の用意があるならと、仕事を途中で切り上げることもあった。

　しかし、火曜日は違う。好きなことを、自分の好きなだけやる。仕事帰り、下戸のくせに、友達がやっているバーに顔を出したりもする。家にいないのはわかっているので、早く帰らなきゃという気持ちにもならない。私がなにをやっても、パートナー氏をイライラさせる可能性はゼロ。最初からそう決まっているのが、すこぶる快適なのだ。

世間的には男が担うことが多い役割を担当する女の私は、真っ直ぐ家に帰りたくないオジさんの気持ちや、ちょっと口に合わない味付けを、正直に伝えられない夫たちの気持ちがよくわかる。良かれと思い、洗い場まで下げた食器の置き方が悪いと、指摘されたときのせつなさも。

やってもらってありがたい気持ちが募るほど、やっていない罪悪感も芽生える。と同時に、頑張って稼いできてるんだから、ここはもうちょっとこうしてほしいという要求が、口に出せずに溜まっていく。そうなると、お互いの「良かれと思って」がハレーションを起こしトラブルになる。

お互いが完全にフリーなら、そういう懸念から一切解放される。生活をつつがなく回すのにお互いは不可欠な存在だが、生活を一時停止する時間も、つつがない生活と同じくらい大事なのだと学んだ。

ありもの恨み

仕事を終えて帰宅し、灯りがついたままの脱衣所を覗いて、ため息が漏れた。床には洗濯物の山。今日は洗濯機を回さなかったらしい。

正確に言えば「今日も」だ。昨日もこのままだった。汗まみれのジムウェアがあるので、本当は一日も早く洗ってほしい。

ならば自分でやればいいのだが、ここ数日は帰宅が遅く、洗濯機を回すには非常識な時間。朝は八時に起きて朝食とシャワーを済ませ、九時半に家を出る。洗濯のために早起きをする気力はない。仕方ない、週末に臭い取りの酸素系漂白剤を入れて、私が洗おう。

我が家では、ほとんどの家事をパートナー氏が担当している。私は外で稼ぐ係。彼は料理も私より数段上手だし、部屋が埃だらけになったこともない。おおむね満足しているが、洗濯だけはどうしても不満が残る。

洗濯にまつわる私の小言は、多岐にわたる。第一に、洗濯機をこまめに回さないところが気に入らない。第二に、シミなどの汚れを、手洗いしないまま洗濯機に放り込むのが嫌だ。そして何より、洗濯表示に従って洗濯しないのが気に食わない。そうそう、干し方にも苦言を呈したい。パンパンと手で叩いてから干すひと手間が、どうしてできないのか。

そもそも、綿や麻のシャツは、アイロンがけで苦労しないように脱水を短くするものだ。「基本のキ」がわかっていない。おしゃれ着はネットに入れて専用洗剤で洗うなど、少しずつ覚えてもらってはいるが、自分でやった方が早いし、口うるさく思われるのは勘弁と、週末にまとめて洗濯することも、ままある。

なぜ、洗濯でだけ、こういうことが起きるのか。そう言えば、映画『マイ・インターン』では、主人公のアン・ハサウェイが専業主夫の夫に「洗濯表示を見て洗濯して」と控えめに頼むシーンがあった。言う方も言われる方もうしろめたそうで、少しばかり胸が痛んだ。パートナー氏と私だけの問題ではなく、万国共通の悩みなのかもしれない。

考えに考えた末、私はひとつの仮説にたどり着いた。問題は、パートナー氏の能力不足でも学習力の欠如でもなく、男女の被服が著しく異なることにあるのではなかろうか。

パートナー氏は軽装を好むので、基本的に夏はＴシャツにチノパン。冬はＴシャツの上にカジュアルな綿シャツ、寒くなったらフリースの上着を重ねる。それ以外もジムウェアやパーカーや、家で洗えるダウンジャケット、ジーンズといった、カジュアルな服しか持っていない。セーター一枚さえ、持っていない。
どれもこれも、洗浄力の強い洗剤でジャブジャブ洗えて、雑に干しても問題のないものばかりだ。事実、彼がひとり暮らしをしていたころの服装を見て、洗濯に難があると感じたことは一度もない。だから、こんな事態は想像もしていなかったのだ。

一方、多くの女に比べ、かなりカジュアルなファッションを好む私の服でさえ、複数の素材で構成されている。試しにいま着ているカジュアルセーターの表示を見てみたら、綿九〇%、カシミア一〇%。中性洗剤を使っての手洗い（ぬるま湯）推奨。脱水は「ヨワク」とある。干し方やアイロンの掛け方にも、指定があった。

女の服はバラエティに富んでいる。ファッショナブルな男たちにうらやまれることも多いし、私も恵まれた環境を満喫している。しかし、豊かさには負の遺産が付き物で、ないものねだりの逆、「ありもの恨み」とでも言いたくなる煩わしさもある。

安物だろうが高級品だろうが、ワンピースやセーターを家で洗って細いハンガーに干せば、両肩のあたりの布がピョコンと角のように飛び出る。私にとっては当たり前の話だ。しかし、仕事でもなければ、そういうことは着る人しか気にならない。

皮肉な話だが、干したあとのことは、パートナー氏の方が断然上手だ。綺麗に畳むし、収納も美しい。私はと言えば、ピンチハンガーから果物のように洗濯物をもぎ取って、そのまま着用することなんてザラ。そのたびに、彼から顔をしかめられる。

まあ、どっちもどっちだな。

コンプレックスと欲のバランス

ある日突然、自分の書いた文章が、ひどく稚拙でつまらないものにしか見えなくなった。

薄々感づいてはいたが、まあ気のせいかなとか、面白いと思う人もいるかもしれないとか、適当な理由をつけて、見て見ぬふりをしていた。とうとう、自分の目を騙せなくなってしまったらしい。

どれもこれも、その日あったことが順番に書かれているだけで、まるで小学生の日記のようだった。新入社員の日報にも見える。

文章が締まるに締まらず、プチ人生訓のような短文で、うまくまとめた気になっているのも少なからずあって、私は頭を抱えた。こういう文章は大嫌いなのに。

稚拙なら稚拙で、オリジナリティあふれる言い回しや、的確な分析、モヤモヤを言語化した一文でもあればいいのだが、それさえもない。読後のすっきり感もない。なにもない。読むだけ時間の無駄。あーあ、最悪の気分。

こういうことは、誰も指摘してくれないと相場が決まっている。そもそも、出版業界は書き手を甘やかしすぎだ。「お原稿」とか言っちゃって、面白くもなんともない文章に、さも感動したかのような感想を付けるのがうまい。そういう訓練でも受けているのだろうか。いいこと探しをさせたら、愛少女ポリアンナの右に出るのは編集者だけだ。いつもありがとうございます。

わかっている。他人のせいにしても、なにも始まらないことくらい。さあ、被害妄想に飲み込まれない程度に、私は自分を突き放さねばならない。こういうときは、俯瞰だ、俯瞰。鷹の目で、この状況を見てみるとしよう。

俯瞰の目で見てみたら、あることに気がついた。このイライラの源は、欲だ。いら立つのは、書いた文章に対価をいただく者として、相応の欲が出てきた証にほかならない。原稿と自分の価値が、等号で結ばれつつあるのだ。

他に類を見ぬ独自性を持ち、人の心をとらえて離さぬ魅力的な文章が書きたい。面白かった！　と言わせたい。湧いてきた欲を注意深く観察すると、そういうことになる。なんと壮大な。書いたそばから恥ずかしいが、本当のことだから仕方がない。

望み通りの能力が私に備わるか否かは別として、すんなり欲が湧

いてきて良かったな、と思った。なんやかんや言って、私を動かすのは責任感と欲だ。そして、責任感だけでは何事も楽しめないことを、私はよく知っている。

　コンプレックスがあると、それを跳ね返したいと欲が湧いてくる、と人は言う。一理ある。しかし、コンプレックスばかりが育ち、肝心の欲が湧いてこないこともままある。そうなると厄介で、うまくいっている人が失敗するのを密かに願い、嫉妬心に足をとられるばかり。自滅の道へまっしぐらだ。

　私は自分の美的センスに、長らく劣等感を抱いている。ファッション、メイク、ヘアスタイル、インテリア。どれもダメ。まったく気に入らないが、どうしたら良いかわからない。

　他人のことなら、すぐにベターなイメージが湧いてくる。しかし、自分のこととなるとまるでインスピレーションが湧かないし、根気も続かない。体型や、顔や、部屋を理解し、魅力的に見せるための努力、たとえば雑誌を見たり、鏡とにらめっこしたりする気に、いつまで経ってもならない。

文章なら、自分が面白いと思えるまで、何度も書き直すのは苦にならない。いや、ゲンナリするほど苦しいのだけれど、つまらない文章が世に出てしまうよりはマシだ。いつ読み返しても納得のいくものが書けると、これを幸せと呼ばずしてなんと呼ぶ、と気分が高まる。

こういう欲が、ファッション、メイク、ヘアスタイル、インテリアについては生まれない。ティーンエイジャーのころから「今日もイマイチだなー」と思い続けて、早三十数年。年季がすごい。素敵なセンスを持つ人だと言われたいのに、努力したくなるほど私を突き動かす欲望が、いつまで待っても出てこない。

光が差す方向へ進むためには、試行錯誤が欠かせない。いろいろ試していくうちに、「ここが嫌だ！」とか、「こうなりたい！」という明確なイメージが、心のなかに浮かんでくる。欲望を、丁寧に削り出す作業とも言えるだろう。欲は推進力と持久力のガソリンだ。それらがなければ、船は暗闇を漂うだけ。

見た目に対して、早くまっとうな欲が湧いてきてほしい。「この暗闇から抜け出したい」と心の底から思える日を、私はずっと待っているのだ。

ムズムズまでの距離

つい最近のことだったのに、それを見たのが漫画だったか、映画だったかさえ思い出せない。近頃の私は、すぐになんでも忘れてしまう。忘れっぽくなったことを愚痴りたいわけではないので、この話はいったん脇に置いておくけれど。

私が見た「それ」は、女のマスターベーションシーンだった。

若い女の子が、写真を前に耽る場面があった。彼女が眺めていた写真は、ニコッと笑った男のバストアップ写真。そしてこみ上げる、違和感。

ああ、そういえば。うんと昔にも、同じようなシーンで不可解に感じたっけ。私は昔のことならすぐに思い出せる。

あれは、親に隠れてこっそりテレビの再放送で観た『エマニエル夫人』だった。うら若き乙女が、ポール・ニューマンの写真を見ながらムズムズもぞもぞ始める場面。爽やかな笑顔のポール・ニューマンから、どうやってムズムズまでたどり着くのか、幼い私にはわけがわからなかった。くんずほぐれつにはひっそり興奮したので、直接的なエロスは理解できる年齢だったと思う。

いい年になったいまでも、着衣で笑顔、つまり卒業アルバムに載っているような男の写真にムズムズするのは、私にとって至難の業だ。ならばどんな写真ならいいのかと記憶をたどってみたが、裸体を含め、男ひとりのニッコリ写真から性的興奮を覚えた記憶がほとんどない。いや、まるでない。なんらかの関係性や行為の痕跡が表情から窺えれば、そこにエロスは生まれるだろうから、目線アリのニッコリ写真以外なら話は違ってくるけれど。

その点、多くの男性の想像力には凄まじいものがある。私から見たら可愛い服を着た可愛い女の子の写真、つまり女のニッコリ写真でも、彼らにとっては、見方次第でポルノになる。腋の下がどうとか、首筋がどうとか、よくもまぁすべてをエロに繋げられるなと感心する。

彼らが一枚の静止画を頭のなかで好き勝手に動かし、脱がせ、興奮して射精までもっていけることに驚愕する。青年誌には水着だけではなく着衣女性のグラビアも載っているので、思春期から想像力を鍛えているのだろう。その想像力を、生身の女たちの、体ではなく心に使ってくれたら、どれだけ喜ばしいか。

いやいや、嘆いている場合ではない。試したことがないだけで、私にだってできるかも。ちょうど、目の前に犬の日めくりカレンダーがある。今日は、舌を出したコーギーが、水の入ったボウルの前にちょこんと座っている写真。試しにこれを頭のなかで走らせてみよう。

……無理だった。何度試しても、小学生の描くパラパラ漫画のように、前足と後ろ足を同時に閉じたり開いたりして、ぎこちなく走る可哀相なコーギーしか浮かんでこない。私には、視覚的な想像力が欠如しているのかもしれない。男たちは、樹木の突起や割れ目を性器に見立てることだってできるのに。ま、これは女もやるか。

女を性的にのみ消費する、非礼や犯罪は決して許されない。なんでもかんでも性的にジャッジする男にもうんざりだ。しかし、今日の論点はそこじゃない。笑顔の写真から性的絶頂までの距離の話をしているのだ。私にとっては、果てしなく長いディスタンスの話を。

『エマニエル夫人』に出てきたように、エロくない写真にムズムズする女は、ファンタジーの世界に時折出現する。私が見た限りでは、どれも作り手が男だった。

女性作家の小説で、笑顔の男の写真を片手にもぞもぞする女の話を、少なくとも私は読んだことがない。女の作品で女が耽るときは、過去の情事を思い浮かべたり、視覚を刺激する性的なものを見ながらだったりする。よって、男のように耽ることができないのは、私だけではないはずなのだ。

勿論、男にエロスを感じることぐらい、私にだってある。エロい気持ちになることだってある。しかし、映画や漫画やドラマなど、ぼんやりしてても目に入る類の「女の欲情」シーンのほとんどは、男の経験から演繹《えんえき》されたものばかりなことが腹立たしい。

いやいや、理解できぬことに胡坐《あぐら》をかいてはいけない。私の訓練が足りないだけかもしれない。現に欧米では、上半身裸の消防士カレンダーが飛ぶように売れている。少なくともアメリカやイギリスには、男のニッコリ写真を性的に消費する力が漲った女たち（男もいるだろうけれど）が存在するってことだ。

使命感に燃え、インターネットで〝fireman calendar〟と検索すると、炎を背景に、煤《すす》で汚れているか、水しぶきを浴びた上半身裸のマッチョメンが次から次へと出てきた。表情はニッコリしていたり、「火を消してきたぜ」と言わんばかりのシリアスな顔だったり、さまざまだ。なぜか、子犬や子猫を抱えた写真も目に付く。

ふと、犬猫の意図に気付き、声を出して笑ってしまった。消防士は「救い出す者」の象徴だし、子犬や子猫は「庇護される女」の化身だろう。自らを小動物に投影し、炎をも恐れぬマッチョな男に愛でられようとするなんて、図々しい話だ。あー可笑しい。ムズムズまでの距離が、また広がってしまったではないか。

それぞれの背景

さて、どう説明したものか。友人との会話に、私は頭を悩ませた。

初めは他愛のない近況報告だった。仕事がどうのといつもの話になったとき、「オッサンたちが許せない」と彼女が憤った。彼女の言うオッサンとは、職場にいる役職付きの中年男性のこと。業務上さまざまな決定権を持ち、女性社員を活用するだけして昇進もさせず、〝俺たちのやり方〟で物事を進めていく男たちのことだ。

「だいたい、オッサンてのはさ」と彼女は続けた。さっきまでは職場の中年男性について話していたが、いつの間にか世の中年男性全般を語っている。オッサンに「女ってのはさ」と十把《じっぱ》一絡《ひとから》げにされたら目くじらを立てる女でも、頭から湯気が出ていると、ついひとまとめにしてしまう。気を付けていないと、私もやる。

さて、オッサンの十把一絡げをやめたからとて、彼女が実生活で知りうる「それ以外のオッサン」は、生活にそこそこ余裕があり、女性を尊重するタイプの正社員中年男性だ。彼女の生活に、薄給の非正規雇用オッサンとの付き合いはない。

相手が女というだけで女を疎むオッサンを許しはしないが、人それぞれに、そういう風に思うに至った背景は異なる。そう知ってほしかったが、どう説明しても、私の言葉が足らなかった。

先日、ツイッターで不躾なリプライが飛んできた。曰く、「あんたら自分は頭が良くて考えている、男どもは下半身で動いている脳のない生き物ぐらいにしか思ってないからダメなんだ」とのこと。キッチリ反論させてもらったが、まったく身に覚えのないことで、こういう言葉が飛んでくることがたまにある。私は被害が少ない方だ。

この手の人が普段どんなことをつぶやいているのか見に行くと、たいてい生活に困窮しているのがわかる。年は四十代から五十代、長時間働いても日々の生活で精一杯、もしくはなんらかの理由で働けず、くすぶっている。彼らは若くも美しくもない女が、楽しそうに暮らしているのが気に入らない。

私は、彼らの無礼を頭ごなしには否定できない。自分の取り分が少ないのは女のせい、自分が憂き目に遭っているのは女がわがままなせいだと思い込んでいるが、そうではないと知る機会が、彼らにはまったくなかったからだ。このままなら、これから先もないだろう。

既得権益をボーイズクラブのみで回しているオッサンが、私を攻撃するオッサンと私の共通の敵であるはずなのに、彼らは女を敵視する。

無論、彼らのくすぶりを女が処理する謂れはないので、しっかり拒絶するけれど、私がもし男に生まれて同じ状況に陥ったら、「女はダメだ」と言わないでいられるだろうか。ちょっと自信がない。

もちろん、同じ条件下にあっても、女に当たり散らさない男もいる。それは役職付きの中年男性とて同じこと。すべては個人差であり、環境や教養の差が原因だが、問題はオッサン階層の分断が、女性の活躍の足かせになりかねない点だ。

現状ではボーイズクラブで既得権益を回している連中と、困窮した中年男性の間に、よく働く女たちが挟まれている。女だって分断されがちなんだから、男は男で頑張ってくれと言いたいところだが、この男性困窮層がリベラライズされないと、女の自尊感情はガリガリと削られ続けてしまう。

女を悪し様に言う彼らに、マリア様のごとく手を差し伸べる必要はない。根気よく説明をする必要もない。こちらからへりくだってわかってもらう必要はないが、はっきりとＮＯを突き付けるのは大事なことだと思う。そこでハッと気づいてくれるといいのだけれど。同時に、お互いを知ることは、両者の茨の道を開墾するきっかけになるとも信じている。私は、彼らの背景を知っていこうと思っている。

黙っていれば軽んじられ、声を上げれば疎まれる状況を打破するためには、対立よりも、説得よりも、相互理解が功を奏するはずだ。敵を見誤ってはいけない。新自由主義のツケを、フェミニズムが支払う謂れはないのだから。

“現役”のアップデート

人の話を聞いていて、もしくは読んでいて、「あ、いまの時代にその話法を使っちゃうかー」とガックリきたら、私はその人を、頭のなかの「現役リスト」から外す。早計かと一度ガックリ肩を落とすことがある。

も思うが、当てが外れたことはほとんどない。

たとえば、「運動部は練習中に水を飲むな」とか、「女の人生は男より楽だ」とか、「男に文句を言うのはブスばかり」とか。嘘みたいな話だが、まだこういうことを言うのがいる。

これらのコメントが誤りであることは、近年のデータや筋の通った反論が、すでに実証済みだ。

にもかかわらず、その話法を用いるということは、価値観も情報も更新されていなければ、更新された人と対話もしていないことの証以外のなにものでもない。つまり、もう現役ではないのだ。

敢えて、こういう意地悪な言い方をする人もいる。前後の文脈や意図を読み取る必要はあるが、ごく少数を除いては、逆張りの自論をぶつけたいだけの目立ちたがり屋だったりする。

念のため、馬鹿馬鹿しくも真正面から反論してみよう。

運動部員の水分補給に関しては、練習中であれ試合中であれ、こまめな水分補給をしないと健康に大きな害を及ぼすと、医師や管理栄養士が明言している。根性や気合で、どうにかなる問題ではない。どうにかしては、絶対にならない。

女の人生については、参政権のなかった頃に比べればまともになったと言えるだろうが、稼ぎや社会的地位の格差など、男女を相対的に見れば結果は明らかだ。

「女はプレッシャーがなくて楽だよな」と言う輩には、結婚・出産の社会圧など一生わからないだろうし、女が楽に見えるのだとしたら、男なら当然のごとく付与されている権限を、多くの女は持たないから楽に見えるだけなのだということも伝わらない。男も女も、それぞれに重い荷物を背負っているのが、世知辛い現実だろう。

「文句を言うのはブスばかり」を口に出して言うと『渡る世間は鬼ばかり』みたいで、ちょっと笑ってしまう。でも、近年のフェミニズムに触れていれば、こんなことは恐ろしくて言えないはずだ。

こういう捨て台詞を吐く人の言いたいことは「男に文句を言わないことが美人の最低条件」なので、言葉の裏に口封じと蔑みの意図が透けて見える。男に文句を言う美人はゴマンといるが、そういう人は、話者にとってはブスに見える仕組み。よくできてる。

しかし、いまの女はそれじゃあ黙らない。なぜって、意思表示に容姿を問われる謂れはないし、容姿の優劣を決める権利は、他者にないことを知っているから。こちらは、アップデート済みなのだ。

私が「論理」でも「理屈」でもなく、「話法」と書いたのは、話法には「話し方」という意味があるからだ。「話し方」は、伝え方とも言い換えられる。伝わる言葉を用いることができるか否かこそが、現役かどうかを見極めるポイントだと思うのだ。話法を誤ると、耳を傾ける価値があるとは思ってもらえない。

言いっ放しが許された、雑誌や地上波のテレビ番組が主なメディアだった時代と異なり、いまはＳＮＳを始め、ネットニュースにも即時コメントが返ってくる。良いか悪いかは別として、「伝わらない言葉」を訂正する時間はほとんど与えられない。

曲解されて炎上した、なんて事態を防ぐためには、技術や戦略が必要だ。それが「話法の更新」だと、私は考えている。話法の更新には、情報の更新と、新しい人たちとの対話が欠かせない。

引退した人の話にも、傾聴に値するものは多々ある。しかし、アップデートされた事柄について、古い意見を取り入れる気にはならない。

ユースカルチャーからは撤退しても、議論や意見表明については現役でいたいので、私も日々アップデートを怠らぬようにしたい。

生きる糧の更新

八十一歳になる父親と同世代の著名人が、また逝去した。朝のワイドショーが「惜しい人を亡くしました」と悲し気な音楽を流す。決して、「早すぎる」とは言わない。

この手のニュースは、突然増えたわけではない。私の目につくようになったのは、父がそういう年になったからだ。誰だって、いつかはやがて。

娘の心を察したのか、父から突然「俺、あと何年生きるかな？」とＬＩＮＥが届いた。毎朝必ず連絡は取っているものの、今日は中途半端な時間にきた。体調でも悪いのかと不安になったが、そういうことでもないらしい。

四十六歳の私は、いずれは寿命が百年に延びると言われると、ウヘェ！　となってしまう。これまでと同じだけ生きてもまだ足りない。正直しんどいな、と思う。

一方、父は七十代後半から「長生きしたい」とハッキリ言うようになった。子どものころから病気がちで、大人になってからも慢性的な倦怠感を伴う病を長く患っていた。ここまで生きただけでも十分とか、先に逝った母に会いたいとか言っていた時期もあったのに、今ではまったく死にたくないようだ。死にたがられても、困るけれど。

　そこそこの小金持ちだった父の経済力は、母が亡くなってから緩やかに下り坂を降りはじめ、七十代で全財産を綺麗サッパリ失った。今ではMr.スッカラカンだ。

　Mr.スッカラカンになるまで、父はすべての移動に自家用車を使っていた。父が電車に乗るのを見たことはなかった。外食する店や着る服にもこだわりがあり、私と違って、高級品にわかりやすくお金を使う人だった。よく働き、よく稼ぎ、稼いだお金を使うことが、生きる証のような人。それが父だった。

　生きる糧を失い、一時はどうなることかと心配したが、それは杞憂に終わった。父は、光の速さで宗旨がえをしたのだ。ＰＡＳＭＯやＳｕｉｃａを駆使してどこへでも出掛けていくし、ＵＮＩＱＬＯの服だってサラリと着こなす。足元が少し覚束ないことを除けば、六十代後半くらいの機動力がある。

　味覚の幅も劇的に広がり、ファミレスもエスニック料理も大歓迎。「なんだこれは！」と言いながらも、ちゃんと食べる。昔だったら、絶対にありえなかったことだ。

　ひとり暮らしながら世話を焼いてくれる人もいて、娘としては大助かり。お金に関しては「ないものは、ない」と開き直る力が凄まじい。娘に無心をするのにも、まるで屈託がない。

先日、父は私になんの相談もなく文鳥を買った。慌てて文鳥の寿命を調べると、七～八年とある。これじゃあ、本当のチキンレースではないか。どっちが先だ。私には鳥アレルギーがあるので、鳥より先には逝かないでくれ。

家に文鳥がきてからの父は、ますます楽しそうだ。愛でるもの、世話をするものがあると、老人の生活にも張りが出るのだろうか。文鳥に「ピーコちゃん」と名付け、スマートフォンを駆使し、写真も送ってくれる。持っているもので精いっぱい楽しむことに貪欲で、こりゃしばらくは死なないだろう。魂がアップデートできて、本当に良かった。

時代が変わり、価値観もくるくると変わっていく。

男性の終身雇用と年功序列、専業主婦の無償ケア労働に支えられた日本経済は、とっくの昔に終わった。古い価値観にしがみついていたら、父の毎日は暗澹たるものになっていたはずだ。

父のたくましさを見ていると、私も見習わなければと、真剣に思う。「あのころはよかった」なんて一言も言わず、新しいものごとに、体と脳をどんどん適応させていく。そうすることが、いつまでも人生を楽しむ秘訣なのだと、父は全力で教えてくれる。

いつかは母に会いに行ってしまうからこそ、父にはギリギリまでやりたい放題やってほしいと、心から願っている。

第3章 世の中には物語があふれている

エンターテインメントは命の糧

二〇一六年一杯をもって、ＳＭＡＰが解散するという。心底驚いた。

所詮、私の想像力など、乏しい経験の演繹と帰納の掛け合わせでしかなく、現実はいつもその外側からウワッと襲ってくる。ＳＭＡＰ解散に限った話ではない。いままでの青天の霹靂は、すべてそうだった。

大学を卒業してから三十一歳まで、私はレコード会社の宣伝部で働いていた。所属アーティストのニューシングルやニューアルバムの発売が決まると、それを世間に知らせるため、雑誌に載せてもらったり、ラジオでオンエアしてもらったり、テレビの歌番組に出してもらったりするのが仕事だった。必然的に、アーティストたちと顔を合わせる機会も多く、いくつかの解散も経験した。

数少ない経験を振り返ると、どの解散にも「たったひとつの決定的な理由」などなかったように思う。それぞれに異なる想いがあり、語られる真実は、立場によって少しずつ色が違った。唯一、共通していたのは「もうどう頑張っても、これ以上続けていくことができない」という、絞り出された結論だけだった。

私は、ＳＭＡＰの熱心なファンではない。ＣＤを数枚持っている程度。それでもかなりびっくりしたのだから、長年のファンにとっては大打撃だろう。「大打撃」などと、軽々しく外野に表現されるのさえ、本当は腹立たしいかもしれない。

彼らを長く見ていれば、なんらかの予兆に気付いていたかもしれない。悪い予感を信じたくないと、祈るような気持ちで夜を過ごしたこともあったと思う。どうにか乗り越えてくれという願いと、無理強いはしたくないという思いに、引き裂かれていたはずだ。

世の中には、誰かを一生懸命応援することで、なんとか明日へ命を繋げる人たちがいる。テレビで歌い踊るグループを見て「今度の曲、いいね！」なんてＳＮＳにつぶやいたり、メジャーリーグで活躍する日本人選手を見て「いや〜、世界を相手にすごいねえ」なんて、ビール片手にひとりごとを言ったりする、カジュアルなファンの話ではない。

我を忘れるほど、誰かを絶え間なく応援することで、目の前のつらい現実から、しばし目を背けることができる。もしくは、単調な毎日を、明るく過ごせる。そういう人もいるのだ。エンターテインメントやスポーツは、ファンにとっては命の糧になりうるものだ。

以前、女性アイドルグループのプロデュースに関わっていたときに、長年のアイドルファンの男性からこんな話を聞いた。

「ファンは、自分に似たメンバーを応援するんだよ。グループのなかで、一番影の薄いメンバーを熱心に応援するのは、現実社会で自分の影が薄そうな人。不器用なメンバーを応援するのは、実生活で自分の不器用さに手を焼いているであろう人。そんな自分を応援してくれる人は、現実には誰もいない。だからメンバーに自身を投影して、自分で自分を応援する」

私がまだ二十代前半だったころのこと。両親がいっぺんに倒れ、それぞれが別の病院に入院したことがあった。ひとりっ子の私は、テンテコ舞いになった。

親戚や友人が全面的に支援してくれたが、両親ともに命に係わる病気だとわかったときには、自分の気持ちを縦にしておくのさえ一苦労だった。しかし、嘆いている暇はない。今日は母親の病院、明日は父親の病院と、駆けずり回るしかなかった。

そんなとき、アメリカのクイーンズ育ちのラッパー、Ｎａｓ《ナズ》が歌う「The World Is Yours」が精神的な杖になった。すべてのがんばれソングが白々しく聴こえ、なんの役にも立たないと途方に暮れていた私の肩を抱え、ビートに乗せ、隣で一緒に歩を進めてくれたのはＮａｓだった。「心配するな、この世界はおまえのもんだ」と。

「どうして私がこんな目に？」その一言が常に私の頭の中をぐるぐる回っていた。自分の人生を生きている手応えがまるでなかった。そんなとき、自分となんの共通点もないと思っていたラップのリリック（歌詞）に励まされたのだ。

「この世界は誰のもの？　おまえのものだ！」。Ｎａｓにそう言ってもらえて、あの日々をなんとか乗り越えられた。私にも、音楽に支えてもらった過去があるのだ。

いま、明日からどうやって生きようかと、茫然自失なＳＭＡＰファンも多いと思う。私と同世代のファンもたくさんいるだろう。ガクッときているのではないかと、気が気じゃない。

自分の人生は、自分の手にかかっている。いままでは、グラグラしたときほどＳＭＡＰが支えてくれたことだろう。これからも、それは変わらない。そう信じなくては。

がんばれ、ＳＭＡＰファン！

初々しい、男たちのダイエット

たいていの女なら、四十歳までに一度はダイエットに挑戦したことがあると思う。私が最初に試したのは「鈴木その子式ダイエット」だった。炭水化物はちゃんと食べて、油分を徹底的に減らす方法だったような。生肉に熱湯をかけて油分を落とせとあったけれど、家族と同居するティーンエイジャーにそれは難しく、瞬く間に頓挫した。

それ以降も、新しいダイエット方法は雨後の筍のように次から次へと現れた。「〇〇を食べるだけ」「デンマーク国立病院ダイエット」「どっさり出るお茶を飲む」などなどなど。運動系のトレンドも合わせたら、とてもじゃないが数えきれない。

数々のダイエット方法が現れては消えていったのは、次から次へと痩せたい人が出てきたからではない。一時的には成功するものの、リバウンドしてしまう人が多かったからだろう。もちろん、私もその一人だ。痩せたキロ数だけ合計したら、成人女子ひとり分くらいはあると思う。戻った分も合わせたら、二人分だ。

何度もダイエットをすると、痩せにくくなる。そんなことはわかっているけれど、戻っちゃうんだから仕方ない。ダイエットにブラックリストのようなものがあったとしたら、私は間違いなく上位にランキングされているはずだ。

　さて、四十歳を過ぎ、今度は男連中がダイエットに興味を持ちだした。きっかけは「鏡に映る自分の著しい体形変化に気付いた」か「健康診断で病気一歩手前と診断された」のどちらか。若いころと同じように食べると太ってしまうそうで、私にしてみればそんなの当たり前の話だが、彼らにとっては寝耳に水らしい。

　周囲のアラフォー男がハマるダイエットは、糖質制限と相場が決まっている。人間の体重が減る仕組みなんて何百万年も前から変わっていないはずで、要は摂取カロリーより消費カロリーが多ければ痩せる。なのに、今度は「炭水化物を含む糖分をできるだけ避け、脂質やたんぱく質は十分に摂取する方法」が尊ばれている。鈴木その子さんがご存命だったら、びっくりして椅子から転げ落ちてしまうかもしれない。

　糖質制限の効果は、皮下脂肪の多い女性より内臓脂肪の多い男性の方が早く感じられるようだ。事実、周りの男たちは悔しいほどスルスルと痩せていく。それまで浴びるようにビールを飲み、締めにラーメンをかっこんでいた生活をピタリと止め、ＳＮＳに意気揚々と、ヘルシーな食べものの写真と体重の推移を載せる。

　ダイエットほど、簡単に達成感を得られ自己を肯定できるシステムもないのだから、舞い上がるのも仕方ない。束の間の成功に酔いしれることを、誰が責められよう。

運動に目覚める者もいる。走るためだけに、専用のスニーカーやアップルウォッチを買う。朝な夕なに走り込み、ランニングハイになって、これまたＳＮＳにアップする。走るって気持ちいいよと、勧めてくるのもいる。

彼らを見ていると、なんとも初々しいなと思う。ダイエットを止めた途端、ジリジリと体重が元に戻っていくことを、初心者の彼らはまだ知らない。リバウンドのたびに自分を信用できなくなることなど、知る由もない。突然走り始めると、膝にダメージがくることも知らない。彼らは、本当になにも知らないのだ。

なーんて憎まれ口を叩きながら、私もこっそり糖質を制限し始めたが、いまいち効果を感じられていない。この手のガッカリにも慣れっこだ。

男のダイエット。中年になっても、心躍る初体験が残っているのはうらやましい。私たちにも、なにか残されていないだろうか？

権力を持つとか、女というだけで機会に恵まれるような深刻なそれではなく、もっと軽やかな初体験が。

健康にはお金がかかる

昨年のバリに続き、タイのサムイ島へ五泊七日で行ってきた。体中に帯電したストレスを外に逃がすため、私は南国を目指す。充電の前には、放電が必要なのだ。

バリ島にしろサムイ島にしろ、人気の頂点にあったのは随分昔のこと。いまはベトナムのダナンや、「台湾のハワイ」と言われるケンティンのビーチが流行っているらしい。興味はあるが、私はどうしても気後れしてしまう。

みんながいなくなってから、やや廃れた場所をそっと見物に行く。私には、それくらいがちょうど良い。旬を逃したおかげか、バリ島に続きサムイ島でも、空港以外で他の日本人とすれ違うことはなかった。

昨年、バリ島で滞在したヴィラにはプライベートプールが付いていて、これがすこぶる快適だった。一瞬にして金持ち気分になれる。金持ちになるための努力は厭うが、金持ち気分は味わいたい。私はそういう人間だ。

今回も、できるだけ大きなプライベートプールが付いたヴィラを見つけようと、旅行サイトを隅から隅まで閲覧した。さまざまなサイトを見比べ、プールの縦と横と深さまで割り出し、予算とにらめっこしながら、結局は少し予算オーバーだが、納得のプライベートプールがあるヴィラを予約した。

南国は暑い。気温は連日三十度を優に超え、湿度も高かった。体の疲れは東京の比ではなく、快適かと問われれば首を横にふるしかない。しかし、首から滴る汗とともに全身の不純物が流れ出していくようで、そのままプールへドボンと入れば一皮剝けたような爽快感が得られる。最高だ！

東京では朝の五分があっという間に過ぎるが、南国では一時間ほどボーッとしたつもりでも、時計を見ると二十分しか経っていないなんてことがザラにある。

見上げれば雲ひとつない空、極彩色の鳥がさえずり、容赦のない日差しに目を閉じると、私という肉体を収める額縁がプールの水に溶けていくようだった。

一方、ホテル前に広がるエメラルドグリーンの海は、バリ島に続きまたしても遠浅で、泳ぐには適していなかった。欧米からの観光客はビーチで読書や日光浴を楽しむのが定石のようだ。

私は体が大きいので、スレンダーなアジア人ばかりだと水着になる気が失せてしまう。欧米人はどっしりした体形でも構わずビキニを着るので、私も気兼ねがなくなる。バリ島同様、今回もそれを期待していたが、サムイ島ではアジアのスレンダー美女に加え、欧米人にもスレンダー女性が多かった。

「欧米」と書いたが、滞在したサムイ島のリゾートでは米国人をひとりも見かけなかった。耳をそばだて会話を聞くと、たいていは仏語だったり独語だったりする。思い切って話しかけた女性は、エストニアから来たと言っていた。

欧州人に太った人はあまり見かけない。なにゆえかと欧米出張の多い女友達に尋ねたら、プロセスフード（加工食品）の摂取量が、米国人より圧倒的に少ないのが原因のひとつかもしれないと言った。まさに“You are what you eat.（食べ物が人を作る）”なのだ。

加工食品のバリエーションが日本の比ではない米国では、成人の約七〇％が標準体重以上と言われている。そんな米国の中上流階級で人気なのが、ホールフーズ・マーケットという添加物の少ない食品を扱うオーガニック志向の高級スーパーであるのは、皮肉なことだ。今の世の中、健康的な食生活には、お金と時間が必要なのだ。健康はもはや贅沢品になりつつある。

さて、インドネシアのバリ島と、タイのサムイ島をそれぞれ訪れて感じたこと。私はどちらも雨季に近い、東京の酷暑に似たシーズンに訪れたので、体感としての気候は同じくらい。ご飯は、圧倒的にタイ料理の方が私の口に合っていた。

しかし、ふとしたときに思い出してしまうのは、バリ島の風景なのだ。

ヒンドゥー教徒の多いバリ島では、お供え物の「チャナン」や、神様の姿をした石像をよく目にする。歩いているだけで神聖な気持ちになるのは、島に暮らす人々の慣習や所作が、目には見えぬ神々の輪郭をなぞっているからだ。神は、あらかじめそこにいるのではない。信仰という行為が生み出すのだ。

そのおかげで、私ごときの観光客にさえ、そこかしこに宿る神様の存在が感じられるのだ。湿度も気温も高いのに、バリ島にはうっすらと清らかな風が吹いている。

誰にも邪魔できない聖域

田原俊彦さんのライブに行ってきた。これがもう最高で、誰かに話したくて仕方がない。トシちゃん、めちゃめちゃカッコイイよ！

私は一九七三年の生まれなので、トシちゃんこと田原俊彦さんが「哀愁でいと」で歌手デビューした一九八〇年当時は、七歳。田原俊彦さん、近藤真彦さん、野村義男さんの三人による「たのきんトリオ」は、テレビやＣＭにラジオ、雑誌のグラビアと引っ張りだこで、その姿を目にしない日はなかった。

当時の私は、トシちゃんを始め、歌番組で見たアイドルの曲をほとんど空で歌えた。『ザ・ベストテン』や『夜のヒットスタジオ』が始まると、テレビの前にラジカセをセットし、「静かにして！」と親を目で制しながら曲を録音した。歌ったり踊ったりするのが、人一倍好きな子どもだった。私と同じような子どもは、ゴマンといたはずだ。

その後、トシちゃんは順調にアイドル街道を駆け抜け、ドラマで主演も張った。テレビで見かける日が少なくなったのは、九〇年代半ばのことか。それでも、カラオケに行けば誰かが「抱きしめてＴＯＮＩＧＨＴ」を歌い、毎度毎度、間違いなく盛り上がった。

十五年ほど前には、トシちゃんのライブＤＶＤを買った。ずっとライブ活動を続けているると、ＹｏｕＴｕｂｅ動画で知ったからだ。ＤＶＤを見たら、あのころと変わらないトシちゃんが、あのころと同じように、高く高く宙に向かって足を蹴り上げていた。

そして二〇一六年。ひょんなことから、十一月に東京でツアー最終公演があると知った。これは観に行かねばならぬと強く思い、私は友人を誘って中野サンプラザへ足を運んだ。

会場は満杯。ドキドキしながら開演を待っていたら、一階席の観客が、風に吹かれた稲穂のようにサーッと後ろを振り返った。視線を辿ると、二階席の一番前に、ご年配のご婦人がにこやかに立っている。どこからともなく上品な拍手が湧き上がり、あ、あの方はトシちゃんのご母堂だなと気付く。まるで、エリザベス女王がオペラの観劇に来たみたい。

会場が暗転し、トシちゃん（当時五十五歳）がキメポーズのシルエットでステージに現れた。客席を埋める、あのころの少女たちからは黄色い歓声が沸きあがる。みんな、天国に召されたかのように幸せな顔をしていた。

トシちゃんは、昔と変わらず歌いまくり、踊りまくった。

数々のヒット曲に恵まれたトシちゃんである。二時間のライブを、過去のヒット曲だけで構成するのは容易いことだ。しかし、「騎士道」「チャールストンにはまだ早い」「原宿キッス」といった往年のヒットソングは全体の三分の一程度で、大半は近年に発表された、私にとって初めて聴く曲ばかりだった。勉強不足！

　が、しかし。私が言うのも僭越《せんえつ》だが、近年の曲は往年のそれと同じくらい、あるいはそれ以上に、丹念に作り込まれていた。かといって、流行りを表層的に掬い取っているわけではない。どのあたりの時代の、どんなジャンルの曲が好きなのか、ハッキリとわかる。「あ、トシちゃんは本当に音楽が好きなんだ！」と、いまさら気付いた。

　トップアイドルの楽曲は、いつの時代も名曲ぞろいと相場が決まっている。歌い手には音楽的指向がないとされているからこそ、時代のトップクリエイターたちが、自由自在に飛び切りの一曲を提供するからだ。アイドルとトップクリエイターという、ともすれば対極的な存在が掛け合わさったときに生まれるケミストリーを、レコード会社のディレクターやプロデューサーたちは楽しん

でいる。

そんな私の邪推もあって、トシちゃんも多少はやらされていたのではないかと、ちょっとばかり見くびっていた自分を恥じた。トシちゃんが「音楽」をこんなに愛していたとは知らなかった。徹底して愛する女への愛を歌う田原俊彦は、すこぶる格好が良かった。

「どうしたの？　ハロウィンは終わったよ。あ、普段のメイクか」なんて、毒蝮三太《どくまむしさんだ》夫《ゆう》さんに負けず劣らずのババアいじりのようなＭＣも最高だったし、それを十分に心得たファンの嬌声を聞いているのも楽しかった。そこら中に愛があふれているのである。

トシちゃんにとっての音楽。ファンにとってのトシちゃん。好きで居続けることの美しさと、汗と涙が結晶になり、中野サンプラザでキラキラ輝いていた。そこは、誰にも邪魔できない聖域だった。

中盤、しゃがんだポーズのトシちゃんが「マイケルはここが長いんだよね」とつぶやいた。

トシちゃんにも、マイケル・ジャクソンという愛して止まぬアイドルがいるのだな。

ダイエットのモチベーション

さて、男たちがダイエットを始めてから一年。案の定と言っては失礼だけれど、多くが人生初のリバウンドに見舞われ、肩を落としていた。私には、彼らの心境が手に取るようにわかる。過去に同じ道を何度も辿ったことがあるから。

炭水化物には一切手を付けない男と久しぶりに食事をしたら、今回は率先して炒飯をオーダーしていた。そうこなくちゃ！「糖質制限はもうやめたの？」と尋ねると、「ちょっとお休み中」だと言う。わかる、その気持ち。だけど、本当のダイエットにお休みはないのだ。でも、それでいいんじゃない？

私は恰幅の良い男性が好きだ。同世代ならなおさら、ちょっとお肉が付いている方が安心する。体の線が少しばかり崩れている方が、セクシーにも見える。私もようやく、女の痩せ願望を密かに残念がる男の気持ちがわかるようになった。ま、彼らにとってはどうでもよい話だろうけど。

なにを食べたか、どう体重が変化したか。ＳＮＳで減量の成果を逐一披露していたダイエット初心者の中年男たちは、みな揃ってテンションが高かった。明らかに「ダイエット・ハイ」だった。これは私が勝手にこしらえた言葉で、主にダイエット初期に見られる現象を指す。恋愛初期のアレとも似ている。

威勢よくスタートを切り、予定通りに体重が減り始めると、このまますべてが順調に進むように思えてくる。日々減っていく体重計の数字が誇らしく、自信に満ち溢れる。それは素晴らしいことだが、そばにいる身としては、ダイエット特有の躁状態が、やや暑苦しくもある。ポジティブなのは結構だが、憂いや羞恥心にしか生み出せない、男の魅力ってものもあるのだから。

一方で、痩せた体を維持する猛者もいた。彼らに共通するのは、筋トレを続けていること。筋肉が増えると、食事が多少増えたくらいでは、元には戻らないらしい。

モテないことを気に病んでいた男の逞しくなった二の腕を見て、少しはモテるようになったのかと思いきや、筋トレに夢中で、モテなんかどうでもよくなったらしい。なにが人に幸せをもたらすかなんて、その時々で変わるものなのだ。

真のダイエットとは、食事内容を一時的に変えることでも、量を減らすことでもない。食生活を永続的に変えることだ。ウン十年前から識者が口を酸っぱくして言っている。だが、それが難しい。少なくとも、私には無理。

有酸素運動、筋トレ、バランスの良い食事。減量に奇策はなく、どこまでも地味な作業。なにかに似ていると思ったら、受験勉強だった。私は高校も大学も第一志望の学校に落ちたので、筋金入りのコツコツ下手と言える。

一方、私の体重はこの一年まったく変化がない。半年前からパーソナルトレーニングを始め体形はやや変化したが、やはり食生活を変えなければ体重は減らなかった。

それにしても、「当たり前のことを粛々と」の魅力なさったらない。「突然の大きな変化」という報酬がなければ、モチベーションは上がらないのが本音。私が続けられるのは「楽しいこと」だけだ。

どうにかして「楽しい」と「体に有意義」を等号で結びたい。見た目も気になるが、この年になると生活習慣病が心配だから。

欲しいのは、細い脚より丈夫な胃腸と十年前の体力。ダイエットの目的が変わってからが、人生の本番なのかもしれない。

再結成したバンドに思うこと

ガンズ・アンド・ローゼズ（以下、ガンズ）をご存じだろうか？　八〇年代後半から九〇年代にかけ世界中でヒットを飛ばし、合計一億枚とも言われるアルバムセールスを記録した、アメリカのモンスター級ロックバンドだ。

サウンドは鉛のように重く、切っ先鋭く、ライブはべらぼうに危険で、顔をしかめたくなるほど猥雑な歌詞には、なぜか脆さや儚さが滲む。メンバーはなにものも恐れず、どこまでも自由。すべてがとてつもなく格好良く、夢中になった。私は、いまひとつ垢抜けないベースのダフ・マッケイガンが大好きだった。

バンドというものは、人気が出れば出るほど継続困難になると、相場が決まっている。ご多分に漏れず、ガンズもそうだった。

名門レーベルのゲフィン・レコードと契約を結んだ瞬間から、ガンズにはスターダムが約束されていた。黄金のレールの上に、乗ったようなものだった。のちに名盤と呼ばれるアルバムとともにフルスピードで頂点へ上りつめながら、世界中の乗客を乗せた車体は、日に日に巨大化していった。

　レールと車輪がぶつかり、耳をつんざくような不協和音も生まれた。ファンはそれにすら夢中になった。やがて火花を散らすようにトラブルが頻発し、ひとり、ふたりとオリジナルメンバーが脱退していった。

　気の良いダフは最後まで残っていたが、それでも九〇年代の終わりには、愛想を尽かし脱退してしまった。自分以外のメンバーをすべてクビにしたカリスマ的存在のボーカリスト、アクセル・ローズは、新たなメンバーとともにニューアルバムの制作に取り掛かるも発売までに十年以上を要し、その間に激太りした。

　クビになったメンバーは再結集して別のバンドを始めたが、のちに不運に見舞われ解散せざるを得なくなった。つまり、どちらも散々だったのだ。

　空中分解したバンドの再結成に必要なものは、憎悪を郷愁にまで風化させる時間と、目の前の困窮だ。または、声援の渇望。

　中途半端な再結成は、本人たちによるコピーバンドのようで、ファンを落胆させる。ガンズは仲が悪すぎて、再結成はないだろう。その心配はしなくても大丈夫と思っていた。再結成の可能性を問われたメンバーは〝Not in this lifetime.（今世ではありえない）〟と言っていたし。

事実は小説より奇なりと言うが、二〇一六年、嘘のようなニュースが飛び込んできた。ガンズがほぼオリジナルメンバーで再結成し、世界ツアーに出るという。ツアータイトルは、まさかの〝Not in this lifetime…〟だ。ふざけてる！　見ると、日本公演もツアーに含まれているではないか。

咄嗟に「金か？」と思った。と同時に「それでもいいや」と思った。二十代だったなら、私も「こんなのダサい」とスルーしたかもしれない。しかし年月を経て、私もダサくなったのだ。郷愁のなにが悪い。私は開き直った。

ついにその日がやってきて、私は二十八年来の女友達と、二十四年ぶりにガンズを観た。ちなみに、二十五年前の東京ドーム公演も彼女と一緒に観に行った。当時の我々は、ガンズ漬けだったのだ。熱心な彼女は、八七年にリリースされたファーストアルバムを、いまだ新譜のように聴き続けているけれど。

満を持して約四半世紀ぶりに観たガンズは、肉汁がとめどなく滴るサーロインステーキのようだった。ライブは相変わらずの長丁場で、「Ａ５ランクのステーキ食べ放題」みたいだった。次にいつ食べられるかわからないと、ナイフとフォークを心の両手に、女友達と私は片っ端からむしゃむしゃ肉片を頬張り、堪能した。

最も衝撃を受けたのは、あの垢抜けないダフが一番格好良くなっていたことだった。

五十歳を過ぎた大人の外見は、それまでの人生を雄弁に語る。破天荒な生活を続けたアクセルや、脱退後も表舞台で活躍し続けたギタリストのスラッシュよりも、ダフはずっと格好良かった。昔は金髪のロングヘアだったが、いまは長身に短髪が良く似合う。真っ当に生きてきて培った自信が、全身からみなぎっていた。

一説によると、ダフはガンズで稼いだお金でコミュニティーカレッジの学生になり、経済を学んだらしい。その後、知識を活かし、地元シアトルの小さなコーヒーチェーンに投資をしたという。

コーヒーチェーンの名は、スターバックスコーヒー。のちに、彼がどれほどの富を築いたか、想像に難くない。それ以降、音楽活動をつづけながら、投資家としても活躍している。

不安定で破天荒な生き方は、他者を惹きつけて止まないものだ。別の言い方をすれば、安全圏にいる無責任な他人から、生き様を消費される。そして最後には、誰もいなくなる。ロックスターにありがちな末路だが、ダフはそのロードマップに乗らなかった。

カリスマ性は、ポッチャリしたままのアクセルの方が上だった。やはり彼なしでガンズは成り立たない。ただし、男の顔としては、ダフの方が百倍魅力的だ。

どちらが幸せという話ではないが、人生後半、自分とどう向き合うかを考えさせられるに十分な経験だった。

数多の女を泣かせてきたであろうダフはいま、女性蔑視のトランプ大統領に抗議するウィメンズ・マーチのTシャツを着てライブに出る。妻と、二人の娘を持つ夫として。

スタンプカードの罪

久しぶりに風邪を引いた。今年は梅雨明け前に酷暑が続いたり、八月は打って変わって気温が低かったりと、不安定な陽気だったから仕方がない。口では「仕方がない」と言いながら、悔しい気持ちがじわじわ込み上げてくる。平日に体調を崩さないのが、私の密かな信条だったのだ。

幸い仕事を休むほどではないが、連続健康記録がストップしたようで、めちゃめちゃ気分が悪い。記録が止まったことが気に食わないなんて、子どもみたいだけれど。

こんな風に考えるようになったのは、いつからだろう。記憶を辿ると、原点は小学生の夏休み、ラジオ体操だった。

毎朝慣れない早起きをして、首からスタンプカードをぶら下げ、徒歩三分の公園へと走った。走れば二分とかからない。とにかく私は、♪チャーンチャーンカチャン チャンチャンチャンの音が流れるより前に、公園に着かねばならぬのだ。毎朝、メロスの気分。

ラジオ体操が楽しかったわけではない。行けば、スタンプを捺してもらえるのが嬉しかっただけだ。それが早起きの報酬だった。スタンプごときで脳からドーパミンが分泌されていたのだから、あのころの私は安上がりだった。

　気持ちよくスタンプをもらうためには、ド頭から参加しなくてはならない。途中からだと、終わったあとスタンプをもらいに行くのに気が引ける。そういうところは、変に杓子定規な子どもだった。メロスを自称しておきながら、私にとっては「間に合う、間に合わぬ」が大問題だったというわけ。

　さて、このスタンプカードが曲者だった。画用紙より少し硬い紙に枡目が印刷されており、マンスリーカレンダーのように、枡と日付が紐づけられている。つまり、カードを見れば、毎日来ているか否かが一目瞭然。

　スタンプが連打され、お団子のように連なっているうちは、ドーパミンもじゃんじゃん出る。しかし一日でも休んだら、そこには憎むべき白い空白が生まれてしまう。

　ここでやる気が半減してしまうのが、私の常だった。「あーもういいや、誰かが処刑されるわけでもあるまいし」とメロスは不貞腐れてしまう。昨日まではあんなに大事にしていたのに、空白は美しくないとばかり、今日はもう、カードを見るのも嫌になってしまう。

大人になり、この仕組みはいかがなものかと思うようになった。行かなかった（行けなかった）ことをあんなにはっきり、空白で可視化する必要はなかったのではないか。プール登校や、朝顔観察日記も同じだ。とにかく日本の小学生は、夏休みのあいだずっと、「継続こそ至高」と叩きこまれる。そのどれもが、連続性をスタンプやら絵やらで可視化し記録するシステムだった。

なぜそこまでやらされたかと言えば、継続を「日常の当たり前」として習慣化させるためだろう。頑張って続けるのではなく、息を吸うように続けるために。脳のなかに新しい回路を作るには、何度もそれを行う必要があると聞いたことがある。励みになるようにと、スタンプカードの類が生まれたのだろう。

あのときの大人たちに教えてほしかったのは、「継続」と「連続」は別物だということ。スタンプカードは、あくまで連続性を強調するシステムではないか。連続に途中欠場は許されないが、継続には休暇も許される。ラジオ体操のカードに、日付なんかいらないのだ。途中で休んでも、八割参加したらすべての枡が埋まるようになっていて、残りの二割はボーナスポイント、ぐらいだったらよかったのに。八割参加だって、十分に継続と呼べるだろう。

連続と継続をはき違え、中途半端な完璧主義が助長された結果、私が途中で投げ出したものは数え切れない。日記、ダイエット、運動、勉強、ピアノ、などなど。一日か二日サボると、連続性の消滅に嫌気が差して、やめてしまう。その連続だった。そういう連続はいらないってのに、ねえ。ラジオ体操も、日記も、ダイエットも、連続記録更新が目的ではない。継続のためには、適度な休憩も必要なのだ。

子どものころ、「一度失敗すると、すぐ匙《さじ》を投げちゃうのが悪い癖」と言われたことがある。私のせいではない。連続にばかり報酬を払っていた、当時の大人のせいに違いない。

こういう仕組みを子どものうちに学べたら、思春期の自己評価は、もう少し高かったような気もするのだけれど。

ポップミュージックの存在意義

マドンナ・ルイーズ・ヴェロニカ・チッコーネと、ビヨンセ・ジゼル・ノウルズ＝カーター。この偉大なポップアーティストと同時代に生きていることに、心から感謝したい。誰に？　私には決まった信仰がないので、「大地に」とでも言っておこう。

私は、彼女たちから明日を生きる力をもらっている。

二〇一八年、ビヨンセはアメリカ有数の野外ライブ『コーチェラ・フェスティバル』でアフリカ系アメリカ人（黒人）女性として、初の大トリを務めた。歴史に残る啓蒙的なライブは、Ｎｅｔｆｌｉｘオリジナル映画『ＨＯＭＥＣＯＭＩＮＧ』として配信されている。これが凄まじく素晴らしい。三日にあげず繰り返し観ているので、パートナー氏からは呆れられているけれど。

当日もＹｏｕＴｕｂｅで生配信を観たが、一年経っても、ビヨンセのパフォーマンスには魂を揺さぶられっぱなしだ。どの場面から見ても、ビヨンセの一挙手一投足、ステージ演出のすべてに励まされる。映像のすべてに意味がある。

『ＨＯＭＥＣＯＭＩＮＧ』は、現代を生きる女にとって、最重要コンテンツであると自信をもって言える。何度観ても、泣かずに観終われたためしがない。どんなにへこたれた夜でも、これを観ると「負けるもんか」と奮い立つ。

ポップミュージックは愛されてナンボだ。コケイジャン（白人）が支配者層のアメリカでは、大衆文化におけるマイノリティの人種的文化表現は、やや疎まれる傾向にある。権力を持つマジョリティが受け入れやすい演出や作品ほど好まれ、売れるのだ。ありのままの自分を見せることが「リスク」なのは、市井の人間に限ったことではない。

しかし、ビヨンセはステージで一貫してアフリカ系アメリカ人の文化を讃え、その素晴らしさを世界中にまざまざと見せつけた。リスクを取った上で、それ以上の感動を与えることに成功した。誰かに気に入られるための笑顔は皆無。まっすぐメッセージを伝えんとする気迫に満ちた表情に、世界中が圧倒された。

躍動感溢れる演奏は、百人以上の編成が組まれた、マーチングバンドによるもの。衣装の胸元に光るオリジナルエンブレムとともに、アメリカの歴史的黒人大学（ＨＢＣＵ）の文化を象徴する。つまり、コケイジャンには馴染みが薄い。ビヨンセは誰にも媚びない。

長年、アメリカではアフリカ系アメリカ人がひどく差別されている。

ここ数年は、〝Black Lives Matter.（黒人の命は重要）〟というスローガンが掲げられた市民運動が活発だが、「黒人の命は重要」なんて、当たり前のことではないか。

しかし、当たり前を口にしなければならないほど、彼らの生活は苛酷だ。なんの罪もない市民が警官から蜂の巣になるほど撃たれ、死に至る事件が後を絶たない。アメリカでは、肌の色で命の価値が異なる。

ビヨンセは、本気でこの現状を変えようとしている。〝周辺化〟された人々、特に女性に勇気を与え、自分の価値を信じさせ、社会的地位を向上させるため、女の自立を歌い、女たちの士気を発揚する。

ライブには、場面場面で、トニ・モリスン、ニーナ・シモン、マルコムX、アリス・ウォーカーといったアフリカ系アメリカ人の作家や、活動家や、シンガーの示唆に富んだ言葉が盛り込まれる。どれもアフリカ系アメリカ人女性に向けてのメッセージなのに、極東にいる私たちのことを言い表しているようだった。

ポップミュージックの存在意義を、改めて問う。

日常を言葉とメロディで彩り、聴く者の喜びを倍増させ、怒りや悲しみを慰める。それがポップミュージックの根幹だと思う。

しかし、それだけではない。周辺化された人々を全力で肯定し、自尊感情を隆起させることが最も重要な役目だと、私は思うのだ。ビヨンセはそれをやってのけた。

過去にも、私は同じ感動を味わったことがある。

ポップスターのマドンナが、一九九三年のツアー『ザ・ガーリー・ショウ』で、ビヨンセと同じように周辺化された人々を讃えるライブを行ったのだ。

当時、初見では表層的にしか味わえなかった。しかし、数年後に再び観て、手足の先がビリビリと痺れるほどの衝撃を受けた。ライブに啓蒙されるという経験を、初めてしたのがマドンナの『ザ・ガーリー・ショウ』だった。マドンナはこのとき、エイズ患者や同性愛者の代弁者となった。『ザ・ガーリー・ショウ』は、現在もＤＶＤで観ることができる。

私はアジア人で女で異性愛者だが、本気で「マドンナとビヨンセは、私のことを励ましてくれている」と思っている。女の置かれた立場は、洋の東西を問わない。

店頭の旬と欲望の旬

食べ物が市場に最も出盛って美味しい時期を「旬」と言うが、近頃は野菜、果物、魚以外にも旬があるように思う。

たとえばコンビニに並ぶ商品。お菓子やお弁当などは、定番アイテムを差し置いて、季節限定商品が目白押しだ。しかも、次から次へと新しいのが出てくる。

春なら梅味と桜味、初夏には抹茶味。ミントフレーバーが夏の到来を知らせ、紫芋味が出てきたら秋である。間を縫ってパクチー味やら黒胡椒《こしょう》味が並び、しお味やバーベキュー味などの定番は、いつも端の方に追いやられている。

コンビニの旬が短く感じられるのは、季節限定商品の販売期間が短いことだけが原因ではない。最近はなんでもＰＯＳ（販売時点情報管理）システムで管理されるので、普通の新商品でも、売上が芳しくなければ一瞬で市場から姿を消してしまうのだ。

「あら、クリームチーズ味のアイスクリーム！　美味しそう。だけど今日は気分じゃないから、また今度ね」なんて悠長なことを言っていると、食べたくなったときには、どこを探しても見つからない。これは私の実体験だ。あのクリームチーズ味のアイスクリームが食べられなかったことを、私はいまだ根に持っている。

　小売業にとって、在庫を抱えることは悪とされる。回転の鈍い商品を置いておくと、倉庫代がかさんでしまうからだ。長く倉庫に置いておくと、ものによっては商品が劣化する可能性も出てくる。だから回転のよい品だけに絞り込んだり、最初から作る数を決めたりしているのだろう。

　それだけでは店頭に並ぶ種類数が限られてしまうので、季節限定商品を投入する。人の興味は長くはもたないので、矢継ぎ早に限定商品を出し、売り切る。まったくもって賢いやり方だとは思う。

　コンビニ以外で旬の短さを感じるのは、ファストファッションブランドの店頭だ。こちらも次から次へと新商品が投入されるので、見たときに買わないと、翌週には店頭から姿を消す。友人の服を気に入って店に足を運んでも、同じ商品が見つかったためしがない。ネットショップに残っている場合もあるが、そういうときは、たいてい希望のサイズが在庫切れしている。

　コンビニでも、ファストファッションブランドのショップでも、買いものに「熟考する猶予」が与えられなくなったように感じる。単価の低いものは、特にそうだ。吟味はその瞬間にしか許されない。それを吟味と呼ぶのは、ちょっと嫌だなぁ。

先日、とあるネットショップに携わる方と話をする機会があった。その業種では、下は二〇〇〇円から上は五万円までと商品の値幅が広い。興味深いことに、値段と購入までに至る時間は、綺麗に比例すると言う。

客は、二〇〇〇円の商品なら十分で購入ボタンを押すが、五万円ならその他の商品との比較検討に、一時間は掛けるのだそうだ。悩んだ挙句、購入に至らないこともままあると言う。

客が吟味に時間を掛けることが許されるのは、単価の高い商品のみ。検討に時間をかけられても、単価が高いので店は困らない。一個でも売れればホクホクだ。しかし、単価の安い商品は違う。選ばれるまでに時間が掛かるなら、売上が芳しくないと判断されて、撤収されてしまう。

ちょっとわかりづらいかもしれないので、具体例を挙げよう。

とあるネットショップに、二〇〇〇円の服と五万円の服が売っていたとする。ネットショップを訪れるすべての人は、どちらの商品も必ず見ると仮定しよう。

二〇〇〇円の服も五万円の服も六時間に一枚だけ売れるとすると、二〇〇〇円の服の一日の売上は、二〇〇〇円×四＝八〇〇〇円。

一方、五万円の服の一日の売上は、五万円×四＝二〇万円。あなたがショップオーナーだったら、倉庫代や発送費を考えれば、どちらの服を売りたいかは一目瞭然だ。

二〇〇〇円の服がネットショップに置かれ続けるためには、手間賃を考えると、二十分に一枚は売れないといけないだろう。この試算はちょっと乱暴だが、要するに、二〇〇〇円の服を買うのに何時間も悩んでいると、その商品は棚から消えてしまうということ。

商品の値段にかかわらず、私はショッピングという行為自体を楽しむことができる。時間さえ許せば街に出掛け店を覗き、私に新たな欲望を喚起させる商品に出会えると、ワクワクする。そして、財布を開くか否かを迷う。迷うのも含めて、買い物の楽しみだ。そんなことは言っていられないご時世なのだろう。安いものほど、パッと買う。店頭の旬は、欲望の旬を待ってはくれない。

ならば、と発売と同時に安いTシャツを購入したら、三週間後にも店に同じものが置いてあった。しかも七〇％引きで！「在庫は悪」なんだろうけど、三倍近い値段で買った、私の身にもなってほしい。

ぐるぐる回るあの渦が恋しい

ボタンを押すと、ピーッとけたたましい音がして、洗濯機が止まった。あーあ、またやってしまった。

一年半前、洗濯機を新調した。それまで使っていたのは、実家から持ってきたものだった。母親が存命のころから使っていたから、二十余年もったことになる。洗濯機の前面には、「ニューロファジィ」という文字が、流れるようなロゴであしらわれていた。

ニューロファジィは、九〇年代の家電全般で流行ったテクノロジーだ。確か、洗濯物の量や、汚れ具合を自動的に判断してくれるシステムだった。その恩恵に与《あずか》った記憶はまるでないが、ボタンを好き勝手に押せば、言うとおりに動いてくれる洗濯機だった。

新調した洗濯機は、そうはいかない。もっと気難しい。洗濯物を入れスタートボタンを押すと、布量を測って水量と洗剤の量を決めてくれる。ここまでは良い。

私は、機械の指示通りに洗剤を入れる。次に、蓋を閉める。すると、洗濯機はしばし熟考に入る。やがて、ゆっくりゆっくり動き出す。本当にゆっくりと。

中がどうなっているか見たくても、ご丁寧に蓋にロックが掛かって開けられない。布巾ひとつを入れ忘れ、ポイと放り込みたくてもあとの祭りなのだ。

途中で洗濯物を追加したい場合には、一時停止ボタンを押し、ロック解除を待たなければならない。機械の許可が必要なのだ。しかも、ロック解除に時間が掛かる。パッと止めてパッと開ける、ができない。

手厳しいというかなんというか、まるで洗濯物を人質に取られた気分。洗濯機様が納得のいく洗濯を終えるまで、我々が汚れが落ちるさまを目にすることはできない。まるで鶴の恩返しだ。

シャワーのように、上から水を落としてすすぐのが売りの洗濯機だったが、私がそのシャワーを目にすることは一生ないのだ。だって、ロックが掛かってるんだもの。

苦難は、それだけではない。一時停止ボタンはスタートボタンとは別の場所にあり、スタートボタンは、ストップボタンと機能を兼ねている。つまり、一時停止のつもりでスタートボタンを押すと、洗い中だろうがすすぎ中だろうが、洗濯はすべて止まってしまうのだ。これが冒頭の「あーあ」に繋がる。ぼーっとしていると、何度もやってしまう。これは、私ではなくデザインが悪いからだ。だって、カセットレコーダーのプレイボタンと一時停止ボタンは、同じボタンだったじゃない。勝手にルールを変えないで欲しい。

ブツブツ言いながらロック解除を待ち、許可が下りてから洗濯機の蓋を開け、中を覗く。最近の洗剤は昔のように盛大な泡を立てないので、水槽のなかをじっと見つめても、これが洗っている最中なのか、すすぎ始めたばかりなのかがわからない。なんなの。なぜ、私を試すの。

私は洗濯機の奴隷でありながら名探偵でもあるので、こういうときは柔軟剤を入れる小箱を開く。すると、中が空になっている。ということは、すすぎの途中だったのだろう。洗濯機のスイッチを入れ直し、すすぎと脱水の設定をする。

このあたりで、大きなため息が出る。ハァ〜〜〜。

たかが洗濯に、なぜこんなに頭を使わなくてはならないのか。私のような家事能力が著しく低い人間が頭を使わず、綺麗さっぱり洗うための家電テクノロジーではないのか。

私が子どものころ、洗濯機は二槽式だった。蓋を閉めなくても洗濯機は回るので、もこもこと泡が立っていくさまを見ているだけで、存分に楽しめた。汚れが落ちていくさまが、目に見えるようだった。

落ち具合が気に入らなければ、すすぐ前に追加で五分、洗濯機を回せば良いだけだった。ピッと押せばパッと動く。洗濯機と私は、阿吽の呼吸で協働した。

今の洗濯機の方が、すべてにおいて優秀なことは十分に理解している。それでもやはり、私は私の言うとおりに動いてくれる洗濯機と、目の前でぐるぐる回るあの渦が、恋しくてたまらない。

洗濯槽の裏側にカビが生えるなんて心配を、せずに済んだ時代が確かにあったのだ。

壮大な寄り道

アメリカに、マイリー・サイラスという人気女性歌手がいる。十三歳のときに出演した、ディズニー・チャンネルのテレビドラマ『シークレット・アイドル ハンナ・モンタナ』で、一躍スターの座に躍り出た。

彼女が演じた主人公は、昼間は普通の学生だが、夜は全米を熱狂させるトップアイドルという設定。天真爛漫な役柄と彼女自身がオーバーラップし、マイリー本人の歌手デビューも華々しいものになった。

ディズニー・チャンネルは子ども向けのケーブルチャンネルだが、のちのビッグスターを生み出す登竜門としても名高い。ここで活躍するにはクリーンなイメージが必須で、誰からも満遍なく愛されなければならない。マイリー・サイラスも例外ではない。

健康的な肉体、栗色のロングヘア、チャーミングな笑顔、天衣無縫な振る舞い。姪っ子が「友達ができた」とマイリーを連れてきたら、彼女は充実した学園生活を送っているに違いないと、確信できるような存在だ。当然、全米のティーンエイジャーが彼女に夢中になった。彼女に夢中になる子どもたちに、親たちは安心した。

二〇一三年、事態は急変する。自我の確立の過程で、誰にでも反抗期はやってくるが、マイリーのそれは強烈だった。

ＭＴＶが主催する音楽祭『ＶＭＡ』にて、マイリーは裸と見紛う肌色の下着を身に着け、性的に過激なパフォーマンスを行った。ハフィントンポストが批判記事を書くほど、その行為は物議を醸《かも》した。同時に、ゴシップとして大きな話題にもなった。

マイリーはまだ二十歳だった。彼女にしてみれば「もうハタチ」だったのかもしれない。彼女がこのまま、性的にのみ消費されてしまうのではないかと、不安なファンは少なくなかったと思う。私なんか、たいしたファンでもないのに、親戚のような気持ちで心配してしまった。

名だたる音楽祭での挑発的なパフォーマンスは、なにも彼女に始まったことではない。品行方正なイメージからの転身を図るのに、さまざまなアーティストが幾度となく用いてきた手法だ。同じディズニー・チャンネル出身の、ブリトニー・スピアーズもそうだ。

その後のブリトニーは私生活ともども散々で、表舞台に戻ってくるのにかなりの時間を要した。ひな形通りの「子役の凋落」だった。不安定な精神状態を明け透けにして世間を騒がせているうちに、大きなうねりに飲み込まれてしまったのだろう。マイリーもそうならなければいいのだけれど。

　世間の不安をよそに、マイリーのパフォーマンスは回を重ねるごとに強烈になった。ファンは、拒絶反応を示す層と、ますます熱狂する層に分断された。

　気持ちをかき乱されるのが嫌で、マイリーについて口さがなく言ったことが、私にもある。それを聞いていたパートナー氏は、「なんで？　彼女がいまやりたいことなんでしょう？　ずっとやりたかったことなのかもしれないし」と不思議な顔をした。無自覚に、私もマイリーに手前勝手な理想像を押し付けていたのだ。

　私はマイリーの過激なパフォーマンスを一種の反抗期と見ていたが、そう決めつけるのは、彼女に安心したい側の、単なる傲慢かもしれない。バッドガールは似合わないなんて思う私の気持ちは、マイリーの知ったことではない。

　彼女は引き続き、世間の倫理観を試すような、ギリギリのパフォーマンスを続けた。下品なレディー・ガガみたいに見えるときすらあった。つまり、チープで露悪的。エクストリームのオーバ

ードーズ。

私が顔をしかめるたび、「なぜ、これが不愉快なの？」と、マイリーは全身で問いかけてくるようだった。私には、すぐにその答えが見つけられなかった。「趣味が悪い」とか「似合わない」以外のなにかが、私のなかにくすぶっていた。

飲酒運転による逮捕、薬物の過剰摂取で病院に搬送といった、アメリカのショービジネスではよくあるできごとにマイリーが見舞われなかったのは、せめてもの救いだった。いや、それとこれとを結びつけていることが、そもそも私の偏見なのか。

そんなマイリーが穏やかさを取り戻したのが、二〇一七年の秋。ニューアルバムからシングルカットされた「Ｍａｌｉｂｕ」のミュージックビデオで歌う彼女は、ナチュラルなドレープフリル付きの白いトップスをまとい、素顔に近いメイクで微笑んでいた。

まるで、ハンナ・モンタナがどこにも寄り道をせず、大人になったような風貌。波瀾万丈の跡は、体のそこかしこに見える小さなタトゥーに残されてはいるが、それすら可愛らしく見えた。

私は、彼女のしたたかさに賛辞を送りたくなった。結局は「戻ってきた」と言われる場所にたどり着いたとしても、大人にドーピングされた空虚な自画像から脱却し、再び自身の手に主権を取り戻すためには、壮大な寄り道が必要だったのだろう。世間の思考停止同然のプレッシャーを、その小さな体で撥ね退けるためには。

なーんて気を抜いていたら、マイリーは「私はジェンダーニュートラル（性別の区分がない）でパンセクシャル（性別に関係なく、すべての性別が恋愛対象）」と言い出し、長年オン・オフを繰り返していた俳優のリアム・ヘムズワースと結婚し、たった八カ月で離婚もした。離婚後すぐに、ガールフレンドとビーチでいちゃつく姿がパパラッチされ、パフォーマンスは再び過激路線に戻っていった。しかも、今度の過激はスマートで堂に入っている。

あらら、私はまたしても、勝手にマイリー・サイラスを小さな箱に押し込めようとしていたみたい。よくないね。「反抗期」とか「寄り道」とか、自分の言葉の裏側に、常日頃忌み嫌っている社会規範が透けて見える。

どうぞどうぞ、好きにやって。私はちょっと遠くから、それを眺めているから。

マイリー・サイラスは、どこまでいっても彼女のもの。そして、私の「こうあるべき」と考える偏見を、引きずり出す存在。

あれ取ってここでそれやって！

最近やけに流れるテレビＣＭを眺めながら、「これは、私が使うものではないな」と高を括っていた。もっと若い世代が遊びに使うか、グッと上の世代が生活補助のために使うものだと思っていた。声に反応して電気を付けたり消したり、天気やニュースを教えてくれる電化製品なんて、必要なわけがない。だって声出すの、めんどくさいもの。

　正式には、インテリジェント・パーソナル・アシスタントと言うらしい。俗に言う「ＯＫグーグル」とか「アレクサ」のこと。要は、新しい家電だ。

　スマートフォンにも同じような機能が搭載されているが、私はほとんど使ったことがない。生き物以外に話し掛けるのは恥ずかしく、なにより億劫だ。知りたいことは、文字で打って検索している。

　ある日、同世代の友人が愛用していることを、ＳＮＳの投稿で知った。翌日、今度は仕事仲間にも利用者がいるとわかった。ほかにも「グーグルなんとか、買ったよ」という知人が現れて、もしかしたら、これは他人事ではないのかも知れないと気が急《せ》いた。

でも、みんな何のために？

曰く、この家電は、両手が塞がっているときに便利だと言う。確かに、子育て中の人や、寝たきりの人には役立つだろう。しかし、私はそのどちらでもない。

だいたい、声に出して指示をしなければ動かないなんて、私にとっては地獄だ。なぜなら、私は昔から、声を出して人に指示を出すのがひどく下手なのだ。アシスタントが付く仕事をしていたとき、戸惑う彼女たちの顔を見て、はっきりと自覚した。

　過去のアシスタント曰く、私の指示は「あれとそれ、あの人に渡しておいて」と、焦れば焦るほど、言葉のほとんどが指示代名詞で構成されるらしい。急いでいるのはわかるけれど、なにをすればよいのか見当が付かないそうだ。

　知らないことをネットで検索するとき、私が指示代名詞を連発することはない。検索窓に「あれみたいなそれ」なんて入力するほど、ポンコツではない。

　自分の考えを述べるときも、思考を整理し言葉にするのは苦にならない。メールや手紙も問題ない。声に出して人に頼むときだけ、指示代名詞ばかりが口をついて出てきてしまう。

　瞬時に声で指示を出すには、それなりの才能が必要だ。そして、私にはそれがない。日々生きることは誰かに助けを借りることと同義なので、私はほぼ毎日、うまく伝えられない自分に悶々としている。

　インテリジェント・パーソナル・アシスタントなるものがどんなに高い知性を備えていたとしても、「あれ止めて」「それ付けて」では作動しないだろう。「もう一度言ってください」「『あれ』とはなんですか？」とクリアな発声で尋ねられ、イライラする自分の姿が目に浮かぶ。機械のアシスタントは、人間より慇懃《いんぎん》無礼に違いない。

　物心ついたころを思い返すと、一番古い記憶にある家電の進化は「ボタンひとつで簡単に」だった。指示内容はボタンごとに決まっており、それをいつやるのかを決めるのが、ボタンを押す人間の役目だった。

　やがてボタンは増殖し、操作はどんどんややこしくなった。次にＩＴが誕生し、文字入力による複雑な指示が可能になった。これで進化は終了だと思っていた。なのに、次は声で指示を出す時代がやってくる。時代が逆戻りしてないか？

　やってほしいことを、いちいち伝わる文章にして声に出す。これを進化と呼べるだろうか。熟年夫婦の結婚セラピーじゃあるまいし。

「電気、違う、そっちじゃなくてあっちの、えーっとリビングの、そう、付けて！」とまごつく前に、天井からぶら下がる紐を無言で引っ張れば済むじゃないか。

　結局、インテリジェント・パーソナル・アシスタントは、プレゼントとして我が家にやってきた。贈り物なら、仕方がない。

使い勝手はどうかって？　毎朝、天気と気温を尋ねるのに重宝している。そんなの、スマホを見たら一発なんだけど。

節約と贅沢と無駄遣い

私は節約も、贅沢も好まない。そう書くと、なんだか生活に一家言ある人みたいだが、無駄遣いは大好きで、むしろ得意分野に入る。

無駄遣いは好きだが、贅沢品に無駄遣いはできない。理由は明快。高級なものは慎重に扱わなければならないからだ。衣類ならクリーニングが必要になるし、食器なら食洗機に入れることができない。宝飾品は失くすことを恐れて着けられないし、家具は傷を付けてしまうのではないかとビクビクする。まったく、楽しくない。

片や、まずまずな価格の品は、おおらかな気持ちで使うことができる。欲望に任せ、同じようなものをいくつも買っても、たいした出費にはならない。無駄遣いに適している。

私は、買い物に頭を使いたくないのだと思う。買い物中に、持っているものとの相性を考えたり、予算をやり繰りしようとすると、たちまち頭が痛くなってくる。お金を賢く使う人の方が賢く見えるが、くだらないことに使うときにだけ、甘受できる興奮もあるのだ。だから、これでもいいのだ。

　そうやって暮らしていたら、パートナー氏から「仕事道具には、金に糸目をつけない方が良いのではないか」と言われた。それで稼ぐのだから、使い勝手と仕上がりの質を最優先すべきだ、と。なるほど、削れない鉋《かんな》を使う大工は、確かにいないだろう。至極納得した。

　よし、私も商売道具には気前よくお金を使おう。そう決めて、仕事場用に最新のノートブックパソコンを購入した。しかし、おしゃれなキーボードが打ちづらくて仕方がない。すぐに肩が凝り、やがて頭痛になってしまう。ハイスペックのわりにはよく固まるし、いいことなしだ。

　一方、この原稿を書いている自宅用のノートパソコンは、ＤＥＬＬのもの。秋葉原の中古専門店で、インド人から買った。一万円ぽっきりだった。長く使って充電バッテリーがいかれてしまったものの、ワードソフトで原稿を書き、インターネットで調べ物をする限りではなんの問題もない。これで、いいじゃないか。

　そんな私にだって、大枚を叩《はた》いて買ったものくらいある。マッサージチェアだ。座業に凝りは付き物なので、広義の商売道具と言えよう。

　家賃以上の値に迷いに迷ったが、好きなときに好きなだけ体を揉まれる喜びはなにものにも代え難く、大正解の買い物だった。マッサージチェアのおかげで、今まで物品に支払った金額の最高値が更新された。私だって、やればできる。

先日、電池を買いに家電量販店へ足を運ぶと、さまざまな種類のマッサージチェアが置いてあるエリアが目に入った。以前、取材で体験したことはあったが、じっくりとは味わえなかったので、改めて座ってみる。

なんと、いちばん凄まじかったのは、我が家の機種の最新型だった。まるで人の手のように私の肩を、腰を、ふくらはぎを強く摑んで揉みしだき、足裏をグリグリと攻めてきた。「まぁ、機械だから」と諦めていた我が家のそれが抱えるいくつかの問題を、すべてクリアしていた。こんなに進化していたとは。パナソニックめ！

これはまずい。いますぐ買い替えたい。大急ぎで値札を見ると、そこには家賃の二倍の値が付いていた。チーンと頭のなかでおりんの鳴る音がして、私は値札をそっと裏返した。南無阿弥陀仏。

商売道具には気前良く。そうは決めたものの、これは贅沢品の範疇に入る。しかも、超弩級《どきゅう》の贅沢品。座るたびに、いちいち緊張してしまいそう。壊れたりしたら、泣いてしまうかもしれない。いったい何度使ったら、元が取れるのだろう？

あ、私はいま、頭を使って買い物をしようとしている。これは楽しくないサイン！

もっと稼げるようになったら、気前よく買おう。それまでは、旧型と一緒にがんばろう。そう心に決め、私は店をあとにした。帰路、スマートフォンでマッサージチェアの下取り価格を調べたことは、正直に打ち明けておく。

ゾンビとピーナッツ

昔から、空想に耽るのが好きだ。中学生のころは、大好きなバンドに街でばったり出くわしたら、どう自然に振舞い、ファンであることを厚かましくなく伝えられるかを考えてから、眠りにつくのがルーティンだった。

彼らは常に、フルメンバーで原宿や六本木を歩いている設定だった。アメリカのバンドなので、来日中ということになる。私の脳内でなら、何度でも自由自在に来日させられるから最高だ。

彼らを見つけても、私はすぐに駆け寄ったりしない。「まちぶせ」もしない。ごく自然にそばに寄り、軽い会話（アメリカ人なら、知らない人とでもやる）のあと、「あなたもしかして、あのバンドのメンバー？」と、たったいま気付いたふりをする。しかも、一番人気のボーカルでもギターでもなく、ベースやキーボードに声を掛ける。そして、さりげなくアルバム収録曲を褒める。シングル曲では、ミーハー過ぎるのでダメ。我ながら、いやらしい子どもだ。

相手はアメリカ人なので、私は英語で話し掛けることになる。真っ暗な部屋の中、布団から天井を眺めながら、身振り手振りを付け、下手な英語を喋っていると、眠気が襲ってくるのが常だった。ひとりっ子は、こうやって遊ぶ。

大人になっても、私の空想癖は治らなかった。ここ数年は「街でばったりゾンビに出くわしたら、どう対処するか」が、もっぱらの研究テーマ。私は「ばったり」が大好きだ。

映画とテレビドラマと漫画を参考に、この角からゾンビが出てきたらどう逃げるか？と考えながら自転車を漕ぐ。危ない。ゾンビより、車や歩行者に注意すべきことは重々承知の上で、ばったりゾンビも、やはり気になってしまう。私が想定するゾンビは動きが鈍いので、三匹までなら、自転車でなんとか逃げ切れる。

家のベランダからゾンビが入ってきたら、どの家具をバリケードにするかも常に考えている。ＩＫＥＡのカラックスという、碁盤の目のように仕切られた、裏側が筒抜けになっているシェルフユニットを使おうと思っている。

ゾンビは頭を狙えば仕留められると決まっているので、窓に固定したカラックスへ頭から入ってくるゾンビを、もぐらたたきのように仕留めるつもり。でも、仕留めるときの凄惨な様子は見たくないので、カラックスにふんわりシーツを掛けて……って、もうこの辺でやめておいた方が良さそう。なぜって、友人にこのことを話したら、「変なことばかり考えていて、かわいそう……」と、憐れみの表情で言われたから。

さて、僭越ながら、ラジオ番組ではお悩み相談コーナーを持つ私。リスナーからの相談にも、想像を掻き立てられるものが多々ある。最も空想欲を刺激されたお悩みは「単身赴任をしてから、柿ピーのピーナッツだけが余ってしまう」だった。

相談者は柿ピーの柿、つまりアラレを好んで食べる。しかし、単身赴任を機にひとり暮らしを始めたら、ピーナッツばかりが残ることに気付いた。今までは、家族の誰かがピーナッツを食べてくれていたのだ。思わぬ場面で、家族の不在を認識させられるエピソード。私まで、郷愁に駆られた。

気付くと、私はこのエピソードにどんどん肉付けをしていた。家族は四人。娘は高校生で、近頃は父親と折り合いが芳しくない。共通の話題がなく困っているが、父母が晩酌タイムに柿ピーを食べていると、サッとリビングに現れ、つまんでいく。

中学生の息子も、柿ピーが大好物。母が父のために買っておいた在庫を、勝手に食べてしまう。何度注意しても、平気で食べるタイプの息子だ。

単身赴任先で、父は自分で柿ピーをまとめ買いするようになった。いままでは妻が担っていた役割。いろんな種類があるもんだなと、スーパーでの慣れない買い物を楽しむ父。

ひとり帰宅し、ようやく柿ピーを独占できるとホクホクしたが、程なくしてピーナッツばかりが残っていることに気付き、たじろぐ。

小さなリビングに置かれた、小さなテーブル。その上に散乱する柿ピーの袋からは、湿気たピーナッツばかりがポロポロとこぼれ落ちている。嗚呼、いままでは、娘が食べていてくれたんだな。

これでもかと買ってきたものの、自分ひとりではさほど減らない在庫に、息子を思う。いろんな種類を試してみたけれど、やっぱり妻が買ってくる味がいちばん好きだと、妻を思う。

空想は飽きることなく延々と続けられる。しかし、私にはこれを物語にする力がない。エピソードの羅列ばかりで、話が前に進まないのだ。なんの事件も起こらない。娘が急病になることとぐらいしか、思いつかない。そういう極端なのは、たいていつまらない。

小説やドラマ、映画など、世の中には物語があふれている。なんの気なしに楽しませてもらっているが、物語を生み出す作家や脚本家は、物語と一緒に私たちの心を動かそうと、日夜頭に汗をかいているに違いない。私の空想とは、まるでレベルが違うのだ。

セールスマンのこだわり

友人が車を新調するというので、東京郊外の中古車店巡りに付いて行くことにした。私は運転免許を持っておらず、セダンとクーペの違いもわからない。それでも、移動中のおしゃべりの相手くらいにはなるだろう。

一軒目の店は、とにかく広かった。青空の下に展示されていた車は、数百台はあったと思う。へえ、こういう風になってるんだ。友人とぶらぶら展示場を歩き回っていたら、ひょろりと背の高い中年の男性店員が声を掛けてきた。

さっそく、友人が店員に希望を伝える。ではこちらへ、と促された先には、ＳＵＶと書かれた看板が立っていた。

ＳＵＶの一台一台を指さし、友人は店員に質問を重ねた。しかし、どうも店員の歯切れが悪い。同じ車の新型と旧型の違いなど、基礎的なことでも的を射ない答えばかりが返ってくる。その割に、世間話には花を咲かせようと躍起になり、ついに前職での身の上話まで始めた。こりゃ意味ないなと、友人と私は目配せをして、さっさと退散することにした。

しかし、敵もさるもので、そこからの引き留めが長かった。

来店プレゼントがあるからと、事務所へ連れていかれ、書類に記入させられた。店員は記入した書類を手に奥へ引っ込む。そのあと、なかなか戻ってこない。

ようやく帰ってきたと思ったら、今度は支払い方法のアドバイスが始まった。ちょっとちょっと、まだ買うとは決まってないじゃない。

はて？　という顔をしたら、慌てて在庫車の一覧をプリントアウトしてきた。しかし、どれも友人の希望に見合うものではない。いったい、いままでなにを聞いていたのだろう？　来店プレゼントは、なんとティッシュ一箱だった。

どっと疲れたまま、二軒目に向かう。次は高級外車の中古車ばかり扱う店で、半分は冷やかしだった。

駐車スペースに車を停めるやいなや、店内から若い男性店員が飛び出してきた。元気がある。買い替え予定の時期、予算、普段の乗り方などを友人が伝えると、その希望に沿うのはドイツ社の某ランクの車だが、この店では取り扱いがないと言われてしまった。どうやらここでは、もっと高級な車ばかりを扱っているらしい。出端《ではな》を挫かれはしたが、店員はその後も友人の質問に丁寧に答え、いくつかの展示車に座ることもできた。予算に合わないので失礼しようとしたら、店員は満を持してという表情で「実は、お客さまには某社の某シリーズがお薦めです」と言った。某社の車は国産ではないか。ここは中古外車専門店だが、それまでの対応が非常に好印象だったので、私たちは引き込まれるように彼の話を聞いた。

国産の某社の車は、安全性能面で世界的に高く評価されていること、燃費の良さはもちろん、リセールバリューも高いこと。

立板に水のごとく、彼の口から言葉が溢れてくる。礼儀正しい接客態度ながらもボルテージはグングン上がっていき、ついには外車より国産車の方が良いと聞こえるような話までしだした。

あまりの熱量に圧倒されたが、よく聞けば、店員はその国産車を所有しているとのことで、なーんだ、某社の熱烈なファンだったってわけね。道理でねぇ。

三軒目では、友人が興味を持った車種のオーナーだという女性店員に出会った。彼女はその素晴らしさを語るうち、自社が扱う別ブランド車をほんのり腐すようなことを言い出した。

四軒目では、車を「この子」と擬人化する店員が、次から次へと試乗を勧めてきた。最初に乗った車がどうだったか、終わるころには友人も私もすっかり忘れてしまったけれど。

どの店員も個性的で、どの店員にも好きな車があり、誰もがバラバラのことを言った。どの店でも、店員のキャラクターが、セールストークの域を大幅にはみ出していた。

売り文句としては不適切な表現も、こだわりがあるからこそと、悪い印象にはならなかった。「この人から買ってみたい」と思わせる人もいるだろう。車のセールスでは、性能と同じくらい、「誰から買うか」が決め手になるのかも知れない。

いま思えば、一軒目の店員はそんなに車が好きではなかったのかも。やはり、ものを売るなら、好きなものを売る方が楽しそうだ。

「性格が良い」とはどういうことか

必要以上に、見た目の威圧感がある人というのがいる。私のことだ。子どものころからそうだった。人に言わせると、なんだかちょっと、怖いのだそうだ。つい先月も言われたし、これはもう仕方がないと諦めている。ならばせめて、「話してみたら、すこぶる性格が良いので驚いた」とかなんとか言われたい。けれど、親しい人々に聞いて回るとそうでもないらしい。では性悪かと尋ねれば、そこまででもないとのこと。なんとも中途半端だ。

ネットでは、性悪を自称する人が多い。ＳＮＳのプロフィールに「性悪。毒、吐きます」とか、わざわざ書く人いるでしょう。牽制《けんせい》の類《たぐい》なのだろうけれど、ちょっと格好悪いと思う。不必要に悪ぶっているように見えるし、嘘っぽい。本当に性格の悪い人は、自分のことを決してそうは思わない。

性格の良し悪しは、自称と相性が悪い。そもそも、他者の存在なしには語れないものだ。ひとり無人島でアホウドリ相手に意地悪を働いても、誰も見ていなければ、「性格《せいかく》悪子《わるこ》」のレッテルは貼られない。しんみり「私って……性格悪いな」と思うくらいが関の山。いいか悪いかを判断するのは、いつだって自分以外の人。だから、人によって評価が変わる人というのが存在する。

　さて、他者はなにを基準に、性格の良し悪しを判断するのだろう。「優しい」ことがまず条件のひとつとして思い浮かんだが、優しさとは曖昧なもので、受け手にとって都合の良い行動が、優しさと定義される場合が多い。

　特定の人にだけ優しいと、相手によって態度を変える人とみなされる可能性がある。全方位に優しくすると、今度は単なるお人好しになってしまう。お人好しは「誰にでも優しい人」と陰口を叩かれることもあり、まるで割に合わない。「割に合わない」という発想自体が、性格の良さとは縁遠いと言う人もいるだろう。確かに、損得勘定ばかりでは、誰からも信頼されない。一方で、自己犠牲を伴う利他的行動ばかりをしていると、ずる賢い人たちに利用されてしまう。

　こう考えると、性格の良さは、常にリスクと隣り合わせな気がしてくる。そんなリスキーな性質なのだろうか。

　いや、私の思い浮かべる性格の良い人たちは、もっと力強い。大地に根を生やし、ちょっとやそっとのことでは、グラつかない。好かれようと過度におもねることはなく、素直な印象を人に与える。

私が考える「性格の良い人」は、なにごとにも寛容かつおおらかで、自分を大きく見せようとも、小さく見せようともしない。あの状態を、なんと表現したらいいのだろう。良い性格の正体を見極めるのは難しく、私はひとまずネットに尋ねることにした。検索窓に「性格の良い人　特徴」と入れ、エンターキーをパーンと押す。案の定「優しい」が最初に出てきた。まあ、そうなりますよね。

あきらめずにいくつかのサイトを巡っていたら、膝を打つものに出会えた。そこには「どんなときでも、人の喜びを素直に喜べる人」とあった。

これだ！

そんなこと、本当に性格の良い人にしかできない。私なんて、自分が調子の悪いときには、「良かったね～」なんて言いながら、腹のなかでは、失敗すればよかったのにと思うことだってある。

どんなときでも、他者の幸せを寿《ことほ》げるのは尊いことだ。同じように、どんなときでも人の悲しみを我が事のように悲しめることも、尊い。どちらも、自身が満たされていないとできないことだもの。

満たされるとは、なにかと比べて過不足がないことではない。「これでもいいのだ」

と、自分を信じられている状態のこと。つまり、他人と比較しないでいられること。

そ〜れ〜が〜ね〜〜！　出来ればね〜〜！　苦労〜しないんですけどね〜〜！

性格の良い人って、思っていたより鈍感なのかも。自分が性格良子か悪子か、他者からどう思われているかなんて、案外気にしていないのかもしれない。

あ、この考え方は、ちょっと性格悪いかも。

秘すれば花

女友達に誘われ、浅草ロック座へ行ってきた。生まれて初めてのストリップ観賞だ。最近は女性ファンも多いと聞いていたので、それほど不安はなかった。ストリップが変わったのか、世間が変わったのか、その両方が変わったのかはわからない。女友達の話を聞く限り、ピンクのライトを浴びた加藤茶が「ちょっとだけよ～」とやっていたアレとは違うらしい。

開演十分前に劇場に着くと、夕方だったこともあってか、浅草ロック座はあっけらかんと街に馴染んでそこにあった。目抜き通りにあるのに、思わず通り過ぎてしまうほどに。

創立は一九四七年、私なんぞが「街に馴染んでいる」と言うのもおこがましいが、もう少し湿度の高い空気を醸しているかと思っていたので、拍子抜けした。

ここでは、一公演あたり約二時間のショーが、一日五回行われる。踊り子ごとのショーを「景」と呼び、一回の公演は、十分の休憩を挟んで全七景。料金は男性五〇〇〇円、女性三五〇〇円（当時）。公演ごとの入れ替えはなく、好きなときに入って、好きなときに出られる。すべて自由席。

チケットを買って、ロビーに入る。客のほとんどは、二十代から七十代の男性だった。シニア層が厚い。女性やカップルも、思った以上にいた。劇場は全体的に古びてはいるものの、清潔感があり、まるで老舗の映画館のよう。

飲みものを買って劇場のドアを開けると、舞台の中央から、客席に向かって張り出した花道が目に入った。花道の終わりには、円形の小さなステージがある。客席は小さなステージを取り囲むように扇形に配され、全部で百席くらいだろうか。踊り子を近くで観たかった私は、ステージの真横に陣取った。

ほどなくして、爆音を合図に劇場が暗転する。まずは挨拶代わりに、その日に出演するすべての踊り子、総勢七名が出てきて軽く群舞。一人はほかと衣装が異なり、顔の半分が黒のレザーマスクに覆われていた。ハードコアな衣装は予想外だったので、驚いた。

彼女がトップバッターだった。ハードコアなのは、衣装だけではなかった。ミクスチャーロックをＢＧＭに、四肢がぶっ飛んでしまうのではと心配になるほど、彼女は激しく踊った。明らかに、長年のダンス経験があるとわかる動き。体ごと観客に叩きつけてくるような十分間は、目をしばたたいているうちに終わってしまった。

女の体って、こんなに力強く美しいのか。これは気を引き締めないとマズいぞと、私は椅子に座りなおす。なめんなよ、と横っ面を叩かれたような気分だ。

景は次々と進む。ある者は米国女優のライザ・ミネリを彷彿とさせるタップダンスを踊り、ある者は着物がはだけた胸元に血のりをこすりつけ、ねめるように観客を見た。

なんだなんだ、これは。

考える暇もなく、踊り子の圧がステージから覆いかぶさってくる。みなスレンダーボディの持ち主で、両腕を上に掲げればあばらが浮き上がり、腹筋の筋が出る。胸の大きい人、小さい人。背の高い人、低い人。被支配を感じさせる隙は、誰にもない。

踊りの上手い下手はあるが、どの踊り子も「見ろ！　これが私だ！」と言わんばかりに滾《たぎ》っていた。観客をお手軽に興奮させるような瞬間は、皆無だった。ファンタジックな女性性を背負わされ、その隙間から、個性がチラ見えするようなシロモノではないのだ。

多くの女性が顔をしかめる恥辱の要素が微塵もないことにも気付き、ハッと息が止まる。私はいったい、誰のどんな目線で楽しむつもりでいたのだろう？　なにを確かめる気でここに来たのだろう。

見せるところは見せるが、恍惚の表情とセットでご開帳されるわけではなかった。手のひらに隠した蝶々を、そっと開いてみせるような者もいれば、爆竹をぶつけてくるような者もいた。なんにせよ、簡単に消費されるような「性」は、どこにも見当たらなかった。

今日まで私は、ストリップが女人禁制の背徳から、女体と踊りの美しさで女性をも魅了する、明るいショーに変容したのだろうと高を括っていた。そんな生半可な解釈では、到底追いつかない。

公演のタイトルは、「秘すれば花」。世阿弥の『風姿花伝《ふうしかでん》』にある言葉で、辞書には「観客は予想もしていないようなことに感動するものである。そして、結果を予想させないように演じるのが芸である」とあった。なるほど、確かにその通りだった。

ところで、常連と思しき最前列のおじいちゃん、あなたはここでなにを感じているの？　自分の性を誰にも明け渡さない凄まじい女たちから、なにを受け取っているの？

ベストな手帳が来年を決める

十二月になってしまった。一年を振り返ると、思うところはいろいろあるが、感傷に浸っている暇はない。来年の手帳を用意しなければならないのだから。

私は紙の手帳でスケジュールを管理している。一度デジタルに移行したけれど、記入にも確認にも、余計に時間がかかるので手帳に戻した。

手帳は便利だが、便利な手帳を探すのは難しい。ウィークリーやデイリーなど手帳の種類はさまざまで、私はマンスリー型を好む。

ほとんどの手帳にはマンスリーページがあり、たいていウィークリーページとセットになっている。私にとっては、これが余計なのだ。

ウィークリーページには時刻が書いてあるので、時間に追われる人のスケジュール管理に適している。一方、私は打ち合わせの数より、原稿の締め切りの方が多い毎日を送っている。時刻はそれほど必要ない。

私にとってなにより大切なのは、ひと月の予定を一度に見渡せること。次に、メモやアイディアをすぐ記せるノート部分が多いこと。

一日のマスが大きく、月の予定が見開きで見渡せると尚良い。ウィークリーページがない代わりに、ノートのページ数が多いと喜びは倍増する。

サイズが大きいことは譲れない。できればＢ５以上欲しい。月曜始まりで、土日はわかりやすく色分けされ、カバンのなかでぐちゃぐちゃにならないよう、閉じるバンドが付いている十二月始まりの手帳なら、ハレルヤ！　だ。

二〇一六年には通販サイトでめぼしいものをいくつか選び、十軒以上の文具店を回って実物を手に取り、悩みに悩んでモレスキンの大型手帳に決めた。最後の最後まで、コクヨのマンスリー手帳と迷った。

決め手は、付箋やハガキを入れる小袋が付いていたこと、そしてモレスキンの方がちょっと格好良いと思ったからだ。要は、見栄。ケチ臭いが、モレスキンの値段はコクヨの八倍した。見栄は高く付くのだ。

一年間使用した感想は、悪くはないがベストとも言えない、といったところ。書き心地は、コクヨの方が私には合っていたように思う。

見開きのマンスリーページ上部には余白が多く、これはとても役に立った。読んだ本、観た映画、聴いた音楽、行ったライブや美術展などのタイトルだけを余白にしたためるようにしたので、十二月になって「今年はなにを読んだり観たりしたっけ……」と茫然とせずに済んだ。この習慣は来年も続けよう。

来月に持ち越す可能性のある事柄は、すべて付箋メモに記したのも功を奏した。ペロッとはがして次のページにペタッと貼れば、やり切れなかったことを、スムーズに翌月へ引き継げるのだ。

確定拠出年金とデパート積立、と書いたＴＯ　ＤＯメモは七月から毎月翌月に持ち越され、十二月まで移動してきた。やっていないのは問題だが、忘れてしまうよりは幾分かましだろう。実行できなかったアイディアは、厳選して来年の手帳に貼ることにする。

二〇一七年の初め、手帳のノートページに二〇一六年の振り返りと二〇一七年の目標を見開きで書いた。見返すと、達成できたこともあるが、変わらぬ反省点もある。

二〇一七年は、健康や教養など、内面の充足を目標に掲げていた。教養はからきしだが、おかげ様で健康な一年を過ごすことができた。半分達成できたのだから、たいしたものだ。

……と書いてから、二年が経過した。二〇一八年は、モレスキンとほぼ同じ機能を持ち、マンスリーのひとマスに罫線が引かれたロイヒトトゥルムの手帳とともに一年を過ごした。悪くはなかったが、これもベストとは言えなかった。

結果、二〇一九年は熟考の末、コクヨのマンスリー手帳に戻ってきた。私にとっては、やっぱりこれがいちばん使いやすい。

見栄を張りたい気持ちは健在なので、オレンジ色のオリベッティの革製カバーを付けた。唯一といってもよいコクヨのマンスリー手帳の難点は、表紙が柔らかいことだが、カバーのおかげでこれも解消された。まさに、理想の手帳の誕生だ。

さて、何年も理想の手帳を探しまわって、しみじみ思ったことがある。私の言う「理想の〇〇」の理想って、とことん自分に都合がいいってこと。自分のことしか考えていない。だから、「理想の〇〇」の〇〇に、決して生き物を当てはめてはならぬと心に決めた。彼氏とか、上司とか、親とか、ペットとか。

「理想の〇〇」を語るとき、私は相手のことなんて、なにひとつ考えてない。あなたはどうですか？

もの悲しさの種

真っ赤なテントは、住宅街を抜けた先の空き地に建っていた。出口から大勢の親子連れが吐き出され、土埃が舞う。暑い。気温は優に三十度を超えている。私はウン十年ぶりに、サーカスを観に来ていた。

子どものころ、サーカスの興奮はいつも、もの悲しさと背中合わせだった。絢爛豪華なシルク・ドゥ・ソレイユとは違う、昭和のサーカスの話だ。テントを出たあとに感じる倦怠感や後ろめたさは、遊園地やプールへ行ったあとの、気だるく甘い感傷とは、明らかに別ものだった。

薄暗いテントのなかで、濁ったスポットライトに照らされる軽業《かるわざ》師《し》。おめかしした動物の曲芸。面白おかしく失敗するピエロ。彼らはいつだって観客を大いに笑わせ、ハラハラさせ、楽しませた。なのに必ず、舞台袖に引っ込む段になると、そっと私に悲しみのヴェールを掛けていくのだ。

サーカスはなぜ、もの悲しいのか。子どもの私に、寂寥《せきりょう》なんて情緒を楽しむ力はなかったと思う。「飛び切りのもの悲しさをご用意しました！」と謳うサーカスも聞いたことがないから、サーカスにしてみればウリでもなんでもないのだろう。あの感情は、いったいどこから来るものだったのか。

　私も大人になったことだし、今ならもの悲しさの正体を確かめることができる。じっくりと、その輪郭を弄ぶことさえも。不埒な期待とともに、私は開演を待った。

　どこからともなく男女のピエロが出てきて、サーカスは幕を開けた。円形ステージの中央でおどける彼らを見て、後ろの席に座った幼児が早速むずかる。わかるよ、ピエロは楽しくて、同じくらい怖いものね。

　サーカスの出し物は、子どものころとさほど変わっていなかった。天井から垂らされた色とりどりの布を体に巻き付け、軽々と宙を舞う女たち。全身を使い、何十本ものフラフープを回す華奢な外国人女性。大きな球状の檻のなかを、三台のバイクが衝突ギリギリの猛スピードで走る。調教師が自在に操るのは、猛牛のような体軀《たいく》のホワイトライオン九頭。一歩間違えば、咬みつかれて一巻の終わりだろう。調教師の体にうっすらと汗が滲んでいくのが、観客席からでも見えた。

　空中ブランコにはセーフティネットこそあったが、命綱はなかった。彼らに失敗が許されないのは、観客の前だからだけではない。明日の自分を担保するためにも、それは許されないことなのだ。

サーカスは、記憶していた以上に死と隣り合わせの娯楽だった。子どものころにハラハラしたのは、命が懸かっていることをうっすらと理解していたからだろう。後ろめたくなったのは、命懸けの娯楽を楽しむことが、果たして正しいのかわからなかったからだろう。

曲芸師が上空でアクロバティックな芸を披露しているあいだに、地上では次の演目の準備が始まっていた。黙々とセッティングをしていたのは、先ほどまで軽業を披露していた団員たち。彼らは表方も裏方も担うのだ。暗闇のなかに、信頼と責任であざなった絆がはっきりと見える。幕間には件のピエロが出てきて、場を和ませた。

サーカスに移動は付きものだ。彼らはひとところに留まらない。まだ見ぬ観客を喜ばせるため、各地を巡業するのが生業だ。幼少の私は、夢のような時間が終わったら、彼らにもう二度と会えないことを知っていたのだろうか。

大人になった私が感じたもの悲しさは、子どもの私が感じたそれとは別のものだった。自分のことが、もの悲しくなってしまったのだ。

一期一会に切磋琢磨し、芸に命を賭して旅を続ける団員たちの、なんと身軽で、孤独で、自由で刹那なことか。彼らは一日一日を、私よりずっと濃厚に生きている。安定と安全を最優先にし、いらぬ重荷を背負い続け、なにひとつ捨てることさえできずに、ブツブツと文句しか言えない私よりもずっと。

無難な日々を綿々と続けることには、価値がある。日々の暮らしに小さな幸せをまさぐる私を、誰が嗤《わら》えよう。でも、それってやっぱり〝もの悲しい〟ではないか。

いつの間にか、私自身よりも腰に巻き付けた命綱の方が、ずっと重くなってしまったように思う。もう、これをほどくことはできないだろう。

あんな風に生きられたらいいのにと、私は頬杖をつきながら、宙を舞う彼らを見ていた。

父の健康法

今年の七月は父に会えなかった。普段なら、父と私は月に一度は必ず護国寺へ墓参りに行く。七月は東京のお盆なので、なおさらだ。お盆の墓参りを欠かしたことなど母が没してから一度もなかったのに。

なぜ会えなかったかと言えば、暑さのせいだった。墓地には日陰が乏しく、八十歳の父が熱中症になってしまうかもしれないと思った。猛暑日続きで、家から駅まで歩かせるのにすら命の危険を感じるほどだった。出歩くのが好きな父には酷なれど、「今年の夏は、とにかく不要不急の外出は避けてほしい」と口を酸っぱくして言った。

確か二〇一〇年の夏も、三十年に一度とやらの猛暑だった。あのころはまだ、親の命など心配しなくてもよかったのに。父と私はまだ実家で同居していたし、父は車の運転もしていた。なにより、いまより八歳も若い。

八年経ったいま、実家から車で十分の距離にあった護国寺は変わらずそこにあるが、実家は人の手に渡り、父は四十五分かけないと護国寺にたどり着けなくなった。関東大震災や先の大戦にも耐えた元禄生まれの護国寺と我が家を比べるのもおこがましい話だが、少しやるせない。護国寺はずっとそこにあるのに、我が家はもうそこにはないのだ。八月に入り、ＬＩＮＥや電話で連絡はとっていたものの、そろそろ顔を見ないと心配になってきた。

木曽路でしゃぶしゃぶでも食べようと迎えに行くと、父の顔と体が一回り小さくなっていた。最後に会ったのは一カ月半ほど前、いったいなにがあったのか。病気？　痩せたことに本人が気付いていない場合、いきなり尋ねると傷付けることもある。ここは慎重にいこう。

店に入り、適当な世間話をしてからオーダーを済ませる。頃合いを見て、夏バテかと尋ねた。父は得意げに首を横に振る。ではなぜ、と尋ねようとしたところに肉が運ばれてきて、着物姿の給仕さんが沸騰寸前の出汁に肉をくぐらせた。

霜降りが鍋のなかに透けていくのを眺めながら、父が口を開く。

「お父さんはね、健康のためにひと口五十回、噛むことにしました」

三十回なら聞いたことがあるが、五十回は多すぎではなかろうか。なんでそんなことを始めたのかと聞きたかったが、給仕さんが取り分けてくれた肉をひょいと口に入れた父は、モグモグと口を動かし続けたまま一向に飲み込もうとしないので聞くに聞けない。

父が咀嚼を終えるまでに、私は肉を三枚は平らげた。

永遠に続くかと思われたモグモグのあと、満を持してのゴックンを経て、父はようやく口を開いた。「よく嚙むようになってから、胃もたれや胃痛もなくなり、すべてが絶好調！」。おなか回りの肉もすっきり取れ、風呂上がりに自分の体を見るのが楽しみらしい。

なあに、それ。女子高生じゃあるまいし。なかなか体重が減らない私は、やっかみ半分だ。ずっとモグモグしているので口には出さないが、私が痩せないのはよく嚙まないからだと、父の目が訴えてくる。腹立たしいったらありゃしない。

父のひと口五十回咀嚼法は、社交に不向きな健康法だ。会食が始まってから、父はほとんどの時間を嚙むことに費やしている。つまり、黙っている。それではと私も真似してみたが、五十回嚙み終わるまで口の中に食べ物を残しておくのが難しい。「慣れだよ、慣れ」と父は先輩風を吹かせた。

喉に味蕾《みらい》があるわけではないけれど、嚙みすぎると食べ物の味がわからなくなってつまらない。モグモグ即ゴックンができる私は、まだまだ若いのかもしれない。

第4章 大人だって傷付いている

空腹のかたち

中年になってから、空腹のかたちをつかむのが難しくなってきた。同世代と比べれば食欲は旺盛な方だが、前ほどは「なんでもござれ」と言えなくなった。

若いころは、目と口を満足させるものが一発でわかった。高カロリー、高脂質、ハイカーボなら、なんでもよかった。食べればすぐに、目も口も胃も満足してくれた。

そこから、「目が食べたいものと、胃が受け付けるものが違う」のフェーズを経て、次にくるのが「目と口が食べたいものさえわからない」の段階。いまの私はここにいる。

暑さがぶり返した九月の頭、私は外出先で空腹を持て余していた。昼食の時間だが、飲食店で米や肉や魚を食べる気力はない。スーパーでサラダを買って、仕事場で食べるのもさみしい。間違いなくお腹は減っているのに、空腹のかたちを埋めるものがわからない。パズルを完成させようにも、空いたままの場所のかたちがわからないので、ピースの探しようがない。私はあてもなくコ

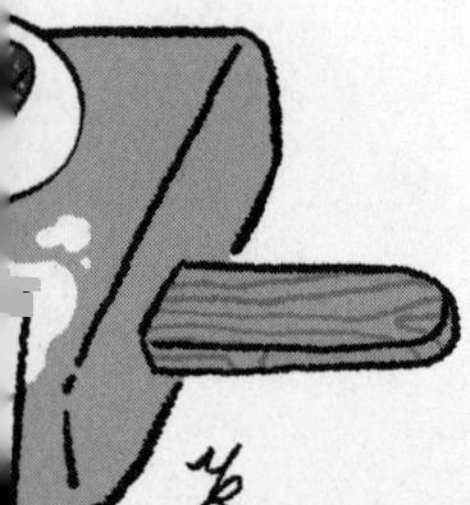

ンビニエンスストアに入った。

店内をフラフラと歩いていると、冷凍庫の前にたどり着いた。そうだ、アイスクリーム。冷たくて甘いアイスクリームを食べよう、と思ったところで我に返る。

つい先日、暑さにまかせてアイスクリームをモリモリと食べ、トイレに駆け込む羽目になったではないか。去年の夏もアイスクリームはたくさん食べたのに、あんなことになったのは初めてでショックだった。疲れていたのだろうか。

しかし、ひとたび「アイスクリームが食べたい」と思うと、その気持ちを追いやれない。胃腸が受け付けぬ可能性を十二分に承知しながらも、バニラが口内でとろけるイメージで脳がいっぱいになってしまった。

同じ失敗は許されない。私は獲物を物色する狼のように、冷凍庫の周りをぐるぐる回った。商品をひとつずつ見て、パッケージの写真や過去の記憶から食感と味と量を推察し、脳に集まったデータを口と胃に落とすシミュレーションをする。これはチョコレ

ートがきつい、これは量が多い。空腹のかたちにぴったりな品は、どれだ！

横を見ると、私と同じく、舐めまわすようにアイスクリームを物色する小学生がいた。買えるのはひとつと決まっているのだろう。私の財布には十個も二十個も買えるお金が入っているが、胃腸の心配をせずに済むであろう彼の方が、私よりずっと豊かに思えた。

五分はそうしていただろうか、気付けば小学生はいなくなっていた。お気に入りの一品が見つかったのだろう。私は満を持して、ひとつのラクトアイスを手に取った。スッキリした甘さと冷たくなめらかなのど越しの飲むアイス、その名もクーリッシュ。キャップがついているので、一度で食べきらずに済むのもよい。完璧なチョイス！

会計を終え、仕事場へ急ぐ。席に着くとちょうどよい溶けごろで、キャップをパキッと捻り、ゆっくりバニラを吸い込んだ。適度に冷たく、適度に甘く、適度になめらかな物体がのどを滑って胃に落ち、じんわりと空腹を満たす。

ハレルヤ！　大袈裟だが、まさにそんな気持ち。空腹のかたちにぴったりだ。ついにパズルは完成したのだ。そのあとお腹が痛くなることもなく、気分良く一日を過ごせた。

食べたいものを買うのに、お金が足りなかった時代が懐かしい。ということは、これも永遠ではないだろう。食べたいだけ食べられた時代も懐かしい。

クーリッシュを楽しめる晩夏は、私にあと何回あるだろうか。

「一生モノ」とは言うけれど

今度の週末は衣替えにちょうど良い天気だと、気象予報士がラジオで言っていた。しかし、金曜日と変わらぬクローゼットのまま、私は月曜日を迎えてしまった。土曜日も日曜日も、想像していたより蒸し暑かったのが災いした。

私には、いろいろなところに服をしまってしまう悪癖がある。それは段ボールだったり、押し入れだったり、ベッドの下の収納だったりと、バラエティに富んでいる。そのすべてを開けばなんらかの服が出てくることに間違いないが、蒸し暑い日にそんなことをしたら、汗だくになって服が汚れてしまうので。いや、これはただの言い訳か。

気になるのは、去年の今頃になにを着ていたか、まったく思い出せないこと。十月初めが夏服と冬服の端境期だからだろうか、それとも私の脳が退化してきたからだろうか。

スマートフォンの写真フォルダを開け、昨年の写真を見返す。なるほど、合点がいった。去年、私は多くの秋物を人にあげたり、リサイクルに出したり捨てたりしていたのだ。そこに写っていた服は、もう手元にはない。

捨てた服はどれも、何年も着て生地が薄くなってしまったり、大きなシミが取れなかったりと、捨てるに値する状態だった。人にあげたものは、状態としてはまだ着られるが、年齢的にもう着ないので惜しくはなかった。

さて、この秋はなにを着るか。なにを買うか。気分的には、手ごろなファストファッションで済ませたい。いくつかのファストファッションブランドの店舗にはリサイクルボックスが常設されており、いつでも古着を受け付けてくれる。特にＵＮＩＱＬＯの店頭には、「着られるが着なくなったＵＮＩＱＬＯの服」を入れれば、必要な人のところへ届けてくれる箱があって重宝している。ワンシーズンで飽きても、気が咎めることが少ない。

しかし、と私はここでも迷う。もう十分に大人じゃあないか。長く着られる質の良いものを揃え始めて、然《しか》るべき年齢ではないのだろうか。

たとえばトレンチコート、カシミアセーター、革靴など。十年二十年ともつベーシックアイテムを、丁寧に着続ける。そういう人生に憧れないこともない。というか、そういうのが大人だと、私が子どものころにはされていた。

と同時に、物の寿命は人より長いことを、私はよく知っている。おしゃれが大好きだった母親が六十四歳の若さで亡くなったあと、残された大量の「一生モノ」の衣類を前に、私は途方にくれた。

　母が鬼籍に入って二十年以上経つが、親戚や友人に形見分けをしてなお、コートやジャケットや靴のいくつかは、いまだ我が家で箱に入ったまま眠っている。思い出がそうさせる以上に、捨てるには忍びない状態であることが、私の気を重くする。どれも私にはサイズが合わなかったり、流行とあまりにかけ離れていたりして、為す術がない。

　探す喜び、見つける喜び、買い求める喜び、使う喜び。品物にはさまざまな喜びがついて回る。捨てる際の心の負荷を、先回りして考えるのは野暮に違いないのだが、母の「値の付かない遺産」がある限り、すべてを処分してから死を迎えたいという願いが、私のなかから消えることはない。

　子どももいない私にとって、残された人が誰になるのか想像もつかないけれど、ものを残すにしても、せめて「これはもう、捨てるしかないでしょ」と、迷いなく捨てられるものに囲まれて死にたい。

　そうやって、服も靴も鞄も安物でやり過ごしていたある日、仕事で目上の人にきちんとした場所で会うことになった。

　いつものスニーカーではまずいと下駄箱を漁ると、母がまだ生きていたころに買ってくれた、フェラガモのエナメル靴があった。十年以上は履いていないと思う。

果たして、久しぶりのフェラガモは、足にぴったりくっついて、まったく疲れることがなかった。踵《かかと》が減っていたので赤坂のミスターミニットへ持っていくと、あっという間に直してくれた。

「これね、次はソールを張り替えた方がいいと思うよ。一生モノのいい靴なんだから、大事にね」

直った靴を私に手渡しながら、店員のおじさんは微笑んだ。

パッツンパッツンの喪服で

先日、突然のお通夜があった。学生時代からお世話になった先輩の、ご母堂が亡くなられたのだ。

最近は結婚式の招待より訃報が多く、人生が折り返し始めたことを否応なく感じる。そもそも、訃報は突然届くものだ。ならば、いつ何時でも準備万端でいるのが折り返した者のあるべき姿だと思う。しかし、折り返したくらいでは、自動的にマトモな大人になれるわけでもないのが、厳しい現実だ。

前夜、久しぶりに袖を通す喪服を前に、暗い気持ちになった。次いで頭から被り、両手をバンザイしたまま、悪い予感の的中に、真っ暗闇のなかで消沈した。

腕がつっかえて、喪服が下に降りてこない。

喪服は、二十年以上前に母親の葬式用に購入した、ワンピースとノーカラージャケットのセットアップ。オールシーズン対応で、そこそこ良いものを買ったのと、これまでそれほど出番がなかったため、ほつれやテカリもない。まだまだ着られる。

当時はジャストサイズだったものの、そのあと私は太ったり痩せたりを繰り返した。ブカブカで葬儀に参列したこともあれば、いまにも破けそうなほどぴちぴちだったこともある。今回は空前絶後のぴっちぴちだった。

ズボラな性格上、非常事態に気付くのは、いつも前夜だ。よって、泥縄を編むことさえ許されない。さて、どうしたものか。

例年になく厳しい残暑のせいで、クーラーの効いた部屋でも汗が滴る。眼鏡をかけたまま何度もトライしたら、顔面の皮脂がレンズにべっとりついて、視界がぼやけた。

髪を乱し、体を捩《ねじ》って、どうにかこうにか肉塊を喪服に押し込む。まるで、脱出の映像を逆回しにしてるみたい。鏡の前に立つと、臀部《でんぶ》のあたりがいまにも裂けそうなくらいパツンパツンだった。みっともないったらありゃしない。

ふと、かがんだ瞬間に、ウエストに縫い付けられたベルトのボタンがはじけ飛んだ。やっぱり。急いで喪服を脱ぎ、下着姿でボタンを捜すが、どこをまさぐっても見つからない。スルリと四次元ポケットに吸い込まれたみたい。

仕方がないので、ボタンで留めるべき場所を糸で縫い付けた。数珠と袱紗《ふくさ》と御霊前を用意し、その夜は眠りについた。

翌、通夜当日。薄手の黒ストッキングがないことに気付く。急いでコンビニへ走ったが、季節柄か、どこも厚手の黒タイツしか置いていない。しかも「あったか加工」なるものが施されていて、気温が二十五度以上ある今日穿くのは拷問だ。しかし、背に腹は代えられない。

仕事場に戻り、ようやく喪服に着替えようとしたら、今度はベルトが縫い合わさった状態では着られないことが判明した。そう言えば、これは着てから留めるボタンだったかも。

またも汗が噴き出す。私の他に誰もいないので、着てから縫うのは不可能だ。焦りに焦り、縫い目をほどいて着たあと、目立たぬようホチキスでベルトを留めた。いい年した大人がひどすぎる。鬼籍に入った母親が怒りで化けて出そうだ。

葬儀場に到着すると、通夜はしめやかに執り行われていた。先輩のお母様のお顔を、遺影で初めて拝見した。笑顔の素敵な女性だった。

先輩も私の母とは面識がなかったが、通夜に駆けつけてくれた。特に言葉は交わさなくとも、来てくれただけでありがたかった。不謹慎かもしれないが、今回ようやくその義理を果たせたような気がする。

パツンパツンの喪服は着続けるには苦しすぎたため、私はこっそり、駅のトイレで普段着に着替えた。さーて、痩せるか新しいのを買うか、どちらか決めねばならない。

四十代にちょうどいいパンツ

物心ついたころから、母親の口癖は「お腹を冷やすな」だった。常時ヘソまで隠れるパンツを着用するのは当然のこと、就寝時には綿の腹巻きをしなければならなかったし、冬の外出時には、タイツの上に毛糸のパンツを穿かされていた記憶もある。

徹底した冷え対策の結果、私はお腹の風通しが少しでも良いと、たちまち不安になる大人になってしまった。十代後半のパンツに多感な年頃でも、ヘソ下までしか覆わないビキニタイプは心もとなくて穿けなかったし、ヘソ出しルック（なんという死語臭！）や、ローライズジーンズなんて、もってのほかだった。

とにかく、腹のあたりがスカスカしていると、落ち着かなくてダメ。過度な腹部保護政策は、私の腹を甘えん坊にしただけだった。

どうでも良すぎる情報で申し訳ないが、四十歳を過ぎたいまでも、私はヘソまでしっかり隠れるタイプのパンツを愛用している。初冬から春までは、毛糸のパンツと腹巻きが合体したような、俗称「腹巻きパンツ」もセットで穿く。

中年なんだからガードルでもつけなさいよと言われそうだけれど、体を締め付けるものはひどく苦手なので無理。スカスカも嫌だし、キツキツも苦手。我ながら、なかなかのわがままボディだ。

　去年までは某大手通販サイトの、明らかに若者向けと思われるパステルカラーのボーダー腹巻きパンツを穿いていた。外からは見えないんだから、なんでもいいのだ。けれど、春先には少し暑い。

　どうせ、四月半ばまでは穿くだろう。そう思い、薄手のものを新調することにした。腹巻きパンツファンは私以外にも多いらしく、ネットショップの画像を見る限り、年々種類が増えているように思う。

　けれど、引っかかることがひとつあった。デザイン的に、ご年配用とギャル用のあいだがぽっかり空いているのだ。縁に太めのレースがあしらわれた、昔ながらのベージュ系のものと、猫や犬のキャラクターがプリントされた、可愛らしいタイプの腹巻きパンツのあいだに、なにもない。虚無の荒野が広がっている。お店に行けば妥当なものが見つかるかもしれないが、そのためだけに外出するのは面倒だ。

　サイトを巡回しているうち、無駄な装飾のない、シックな藤色の腹巻きパンツを見つけた。そうそう、こういうのが欲しかったのよと値段を見ると、税抜きで一枚一八〇〇円ちょい。税込みなら二〇〇〇円超えだ。腹巻きパンツ一枚にしては高すぎる。どうにか一五〇〇円前後で着地させたい。そのあとも探索を続けたが、これぞ、という逸品には出会えなかった。

　自分のことしか考えていないからそう思うのだろうけれど、なんにしてもいまの四十代にとっての「ちょうどいい」が少な過ぎる気がする。

　十年前の四十代はもっとお金があったろうし、生きる矜持が「生活のレベルを年齢とともに上げていく」ことにあったように思う。

　しかし、いまの四十代は、リーズナブルな価格帯のもので、ある程度生活が回ってしまうことを知っている。どんなに「上質なものに囲まれた、ていねいな生活」を喧伝されても、用もないのに一〇〇均ショップへ立ち寄ってしまう。私のように、うっかり四十歳を超えてしまった単身者は特にそうだろう。

　結局、私はダイソーで買った子どもっぽい柄の腹巻きパンツを愛用することにした。なんと、価格は税抜き二〇〇円。安いせいか、薄手なのが良い。ワンシーズンで捨てるにも、罪悪感はまるで生まれないだろう。

　我ながら完璧な買い物をしたと思ったけれど、これが私の想像していた四十代かと問われれば、黙って首を横に振るしかない。

世の製造業に携わるみなさんには、ギャルとご年配のあいだにも人がいることを知ってほしい。しっくりくるものを探している新しい中年女たちは、値ごろな品に喜んで財布の紐を緩める瞬間を、まだかまだかと待っている。

ああ、年中行事

ハロウィンと恵方巻のおかげで、年中行事が一気に増えたような気がする。特に秋以降が大わらわだ。

八月が終わるやいなや、「今年のハロウィンはこうして楽しめ」と、商店が騒ぎ始める。ハロウィンが終われば、街はあっという間にクリスマス仕様。息をつく間もなく、十二月二十六日からは「さあ！　正月を迎え撃て」と、けしかけてくる。松の内が明け、七草粥をすすっていると「恵方巻の予約始まりました！」ののぼりがスーパーに立つ。まばたきしたら、もうバレンタインデー。人によっては、十一月の七五三や一月の成人式だってある。怒濤が過ぎる。二月後半になると、ようやく行事のハイシーズンが終わるので、ホッと一息つく人も多いのではないだろうか。

三月からは随分と静かになるものの、お子さんやお孫さんのいる人にとっては、祭りが続く。ひな祭り、卒業式、入学式、端午の節句と、次から次へと行事が押し寄せる。あ、我々未婚軍団にも花見というイベントがあるな。

小売業者はまだまだ商機を作る気まんまんで、サンクスギビングやイースターまで日本に持ち込もうとしていると聞く。そんなことになったら、たまったものではない。各家庭に、お祭りグッズを保管するストレージが必要になってしまう。乗っからなければいいだけの話だが、私には意地汚いところがあるので、なにかやらないと損をした気分になってしまう。ハロウィンと言われたら、四十歳を過ぎても頭になにか被りたくなってしまうのだ。

外来型の新規行事が次から次へと参入してくるなか、相も変わらず最も手強いのは正月だ。今年もそうだった。

その他のイベントは、街がある程度まで空気を作ってくれる。我々は、お金を払えばなんとかなる。ハロウィンの仮装グッズや、クリスマスケーキがそれに当たる。無銭でも、街を歩いているだけでムードは味わえる。

一方、正月は自分から迎えにいかないと、にっちもさっちもいかない。

元日だけやり過ごせばいいというものでもなく、年が切り替わったことをしっかり体感するためには、年末からの大掃除やお節の準備、年賀状書きや年越しそばといった、マルチタスクの助走が不可欠。かなりコスパの悪い行事だと思う。

なにもしなければ、最も居心地が悪くなるのも正月だ。私が育った環境が、そう感じさせるのかもしれない。母親はお節をイチから手作りする人だったし、大掃除も徹底的にやった。正月飾りの一夜飾りはダメと教えてくれたのも、母だった。なにもかもが面倒だったが、やればやったで、これほどカタルシスが感じられる行事もなかった。

大人になり、私は以前ほど正月を迎えにいかなくなった。すると、年が新しくなったことを実感できぬまま新年が始まってしまう。何日も風呂に入っていないような気分になった。忙しさにかまけて磯辺巻きだけ食べていても、正月気分は味わえないと知ったときの寂しさ。三十代後半からは、正月を迎え損ねると、しくじったような気持ちになった。

今年は、初詣の帰りにデパートで正月らしい食べ物を買った。テーブルに並べただけなので、お節とは言いがたいクオリティだったが、少しだけ正月を迎えた気分に浸れたと思う。大晦日の二十三時半まで仕事をしていたのだもの、この程度でも上出来だ。

正月飾りも、一夜飾りにならずに済んだ。マンションの同フロアにはお年寄りばかり住んでいるので、どの家のドアにも正月飾りが掛けられていた。どの家族とも挨拶ぐらいしかしたことはないが、親近感が一気に増した。

季節ごとの行事に疲れた、疲れた、と言いながら、季節の変わり目が曖昧になったことを憂う気持ちにもなる。気候も年々変わっているし、節目の行事でもないと、移り変わりを実感できないのかもしれない。

行事で季節を迎えにいくなんて、ババ臭いことだとずっと思っていた。しかし自分がババに近づいてくると、これが楽しくなってくる。不思議なものだと思いながら、私は梅の開花を心待ちにしている自分に気付く。

「大丈夫だよ」と言ってほしかった

買ったばかりの電動アシスト自転車から、派手に転げ落ちた。幸い大きな怪我は「させ」も「し」もしなかったが、擦りむいた膝には、浅黒い跡が残ってしまった。

電動アシスト自転車……って長い。以下、電動自転車とする。

さて、それを手に入れるまでの私は、お子さんを前後に乗せた同世代の女性に追い抜かれることが多かった。自分だけを運んでいるのに、なんとへっぽこなんだと落ち込むばかりだったが、さては彼女たちも電力にアシストされていたか。こんなに軽い力でグングン前に進むなら、追い抜かれて当然だ。

バイクや自動車の免許を持たない私にとって、電動自転車は気分転換に最高の乗り物になった。遠くへだって、ちっとも疲れずに行ける。とにかく速い、とにかく楽。だから楽しい。お尻が痛くなるまで、上機嫌で乗り回した。こういうときは、調子に乗って失敗をしがちな私ではあるけれど。

ある日、銀座まで電動自転車で遊びに行った帰りのこと。「家に着くまでが遠足」とはよく言ったもので、自宅まであと二十メートル、コンビニへ寄ろうと縁石に乗り上げたところでタイヤが横に滑り、左肩から歩道へドドーンと落ちた。頭もゴチンとぶつけたが、分厚い毛糸の帽子を被っていたので難を逃れた。

先を走っていたパートナー氏が、いつまでも地面に横たわっている私に駆け寄り、自転車を起こす。「大丈夫？」とだけ尋ねられ、「大丈夫」とだけ答えた。

道行く人たちが、こちらを見るでもなく見ている。格好悪さと、照れくささがないまぜになり、楽しい気持ちが一気に霧散した。しばらくその場から立ち上がれずにいたが、それは痛みのせいではない。痛さはあとからやってきたのだから。

ズッコケたあとの私を一言で表すならば、「不機嫌」に尽きる。転倒は、間違いなく自分のせい。なのに、怒りに似た感情が、どこからともなく沸々と胸に湧いてくるのだ。それをぶつけるあてもなく、イライラだけが募っていった。

もちろん、自転車から転げ落ちたのはこれが初めてではない。子ども時代に何度もやっている。ただ、大人になってから、ここまで派手に転んだことはなかったと思う。せいぜい、徒歩でコケる程度。

不意にコケたときは、痛みより恥ずかしさが勝る。だから、いつだって平気なフリをして、ちょっと苦笑する余裕さえ見せて、その場から立ち去っていた。今夜はそれすらできない。

恥ずかしさ以上に、私を支配するこの感情はなんだろう？　その夜はベッドに入ってからもずっと、この言い表せない感情の形を胸の中に探した。

翌朝、平素の自分を取り戻し、私はようやく気が付いた。この感情の名前は「びっくりして傷付いた」だ。得意げに乗っていた電動自転車から地面に叩きつけられ、ウキウキした気持ちはガラスのように砕け散った。びっくりダメージは予想を遥かに超えて大きく、それがいつまで経っても解消されないので、私は不機嫌になったのだ。子どもなら泣く場面だろう。

嫌なことは、大人になっても数えきれないほどある。しかし、心身ともにびっくりするような出来事は、そうない。だから私は、こういうときにどうしたら良いのか、誰にどうしてほしいのかを忘れていた。

多分、私は「びっくりしたね、もう大丈夫だよ」と誰かに言ってほしかったのだ。それは子どもに掛ける言葉だけれど、大人にだって有効だ。

訳もなくみじめで不機嫌なときは、大人だってびっくりして傷付いている。でも、大人はびっくりしたくらいじゃ傷付かないものとされているから、不機嫌になるしかない。大人にだって、子どものしっぽは残っている。誰かに安心させてほしくなるときだって、背中をさすってほしくなるときだってあるのだ。

ドラッグストアでの大人買い

疲れが溜まると、傍目には馬鹿馬鹿しく見えることを無性にやりたくなる。

今回は、ひとりで馬鹿をやることにした。仕事が立て込み、心身ともにぐったりしていたからだ。誰かと一緒にいることすら、億劫に感じられた。

私は恵比寿にいた。さあ、ここでなにをしよう。いまの私は、癒されたいのではなく、発散させたい。

ひとりカラオケにトライしようか？　いや、明日の仕事に響いてしまう。

バッティングセンターは？　疲れが増しそうだし、残念ながらこの辺りには施設がない。

贅沢な買い物？　今日の私は、あまりにも格好がみすぼらしい。

歩きながら考えを巡らせているうち、洗髪のあとにつける、洗い流さないトリートメントが切れていたのを思い出した。憂さ晴らしの非日常を創造するアイディアより、生活必需品の欠品を先に思い付かせた自分の脳みそを、恨めしく思った。

ちょうど、駅前に大きなドラッグストアがある。入店して店員に商品のありかを尋ねると、数十種類のそれが並ぶ大きな棚の前に案内された。

いつもと同じものを探したが、見当たらない。これだけの中からひとつ選ぶのは面倒だと、しょげかけたところでピンときた。よし、今回はこれで馬鹿をやろう。ドラッグストアは、無駄遣いにぴったりな場所だ。

もし私が女子高校生だったら、口コミや雑誌での評判をスマートフォンで素早く検索し、限られた予算の中でベストな商品を選んだだろう。しかし、私は立派な中年だ。ありがたいことに、女子高校生より大きな予算を確保できる。

棚の前に仁王立ち、片っ端から商品を手に取る。アルガンオイル入り、美容院専売（ならばなぜドラッグストアに並んでいる？）、ナチュラル志向のノンシリコンタイプなど、どれも「我こそは、ほかにない魅力を持つ商品」とアピールに余念がない。

商品を裏返して全成分表示を見れば、どのプロダクツにも大差がないことはわかる。夢もへったくれもないが、シリコンが全成分の上位に表記されていれば、髪はツルツルした手触りになり、鉱物油だろうがアルガンオイルだろうが、油分が多ければしっとりまとまる。自然派志向はどうだろう？　すべてに興味があったので、シリコン入り、アルガンオイル入り、ノンシリコンの三種をカゴに入れた。

これで終わると思ったら大間違いだ。馬鹿をやる大人を舐めてもらっちゃ困る。

ピンク色の華奢な容器に入った若者向けの商品は、香りが気に入ったが、艶出し効果を強調し過ぎ。不自然に艶めいた髪は、中年の柔らかくなった（つまりハリのない）肌とアンバランスだと、ものの本で読んだ記憶がある。ならば、これはやめておこうか。いや、やめない。なぜなら、馬鹿をやるのがテーマだから。失敗してもかまわないと、私はそれもポンとカゴに入れた。

見たことのないブランドの商品や、名前は知っていたが、ちょっとお高めと敬遠していたものもカゴに入れる。全部で一万円近くするだろう。使い終わるのに、間違いなく一年はかかる。あまりに馬鹿馬鹿しくて、ドキドキしてきた。

普段の私は、他人から馬鹿と思われるのを極端に恐れている。少しでも賢い選択ができるよう、気を張って生きている。なんと格好悪い。そういうことに気を配っている方が、よっぽど馬鹿馬鹿しい。馬鹿馬鹿しいけれど、やめられないのもわかっている。ならば、いまだけは。

脳のストッパーをパチンと外し、無駄も損もお構いなしに選ぶ行為は、想像以上の快感を私にもたらした。あれも、これも、全部ＯＫ。比較も検討も、今日だけは必要ない。どんよりしていた気分が少しずつ上向いていくのが、はっきりとわかった。

翌日から、我が家の洗面台には六種類の洗い流さないトリートメントが鎮座した。天気や髪の状態に合わせ、あれこれ使い分けるのはすこぶる楽しい。

髪の具合も良いし、馬鹿万歳だ。

脳のメモリとスマートフォン

スマートフォンの動作が鈍い。どのアプリを起動させるのにも、恐ろしく時間がかかってしまう。待つのはたった数十秒だが、それがひどく長く感じられ、煩わしいことこの上ない。

詳しい人に尋ねると、メモリ不足が原因だろうと言われた。設定をいじり、ストレージフォルダとやらを開く。こんなところ、いままで開けたこともないわ。ああ、こういう感じ、すごくオバさんぽい。フフフ。

フォルダに保存してあった画像は、なんと八千枚強もあった。自分で撮った写真、友人から送られてきた画像、スクリーンショット、インターネットでダウンロードした画像など。これらが動作を鈍くしているらしい。それにしても、八千枚は多すぎやしないか。このスマートフォンを使い始めて四年くらいだから、一年に二千枚以上の計算になる。つまり、一日に五枚とちょっと。ざっとスクロールしてみると、どうでもよい写真ばかりだった。だが、すべて消去するのは、なんだか勿体無い気もする。

外部ＳＤカードなるものに画像データを移行すれば、少しは動きがよくなると聞き、炎天下に渋谷の家電量販店へ足を運んだ。暑さのせいで汗だくだ。これを機に新機種を購入しようかとも思ったが、新しいのはどれも一〇万円近くした。今度はドッと冷や汗が出た。

店員に相談し、八ギガバイトのマイクロＳＤカードを購入することにした。それがどれほどの容量だか、私にはまったくわからない。だが、店員はこれで十分と言う。試しに装着してみようと思ったら、ちょうど電池が切れてしまった。充電させてもらえないかと尋ねると、一〇〇円かかると言われた。勿体無いので、家で試すことにして帰路に就く。

帰宅後、早々にスマートフォンを充電器に繋ぎ、いやいや、カードを装着するなら電源を切るのが先だと改めて電源を落とし、裏側のカバーを外す。すると、充電池の右上にちょこんと、買ったものと同じメーカーの外部ＳＤカードが装着されていた。

外部ＳＤカードは、最初からそこにあったのだ。私はそれに四年も気付かなかった。小指の爪ほどのカードを見ると、十六ギガと書かれている。さっき買ったカードの二倍の容量が、空っぽのまま目の前にある。あーあ、と大きくため息をつき、私はカバーをもとに戻した。

「知っていて当然」とされることが、波のように次から次へと押し寄せてくる。今日の今日まで、私はサーフィンのようになんとか波を乗りこなしてきたが、四十代半ばにして、ついにボードから落っこちた。世間の荒波に、もう揉まれすらしない。ドボンと落っこちて、あとはグングン沈むだけ。

　無駄な写真なら消去すればよかったし、店で一〇〇〇円払って充電すれば、SDカードは装着済みと気付けた。いや、充電しなくとも、カバーさえ開ければ気付けたのに。そうしたら、払い戻しもできただろう。よくわかってないのに「消すのが勿体無い」「一〇〇〇円が勿体無い」と言い続け、結局は損をしたのも悔しい。この手のトラブルが自然に回避できなくなったのが、なによりの加齢の証だ。

　インターネットでやり方を調べ、データは無事に移行できた。改めて画像群に目を通すと、本当にどうでもよい写真ばかり。

　取るに足らない写真なれど、ひと目見れば、忘れていた記憶がスルスルと引き出される。小さな思い出まで湧いてきて、楽しい気持ちを存分に味わえた。

　このときは、柄にもなくホームパーティーなんてやっちゃって、慣れない料理を作ったんだっけ。さつまいものスープが好評だった。

　クラブで一緒に撮った写真に写っているこの子、最近連絡を取っていないけれど、元気でやっているだろうか？

ああ、このときはベランダ菜園でプチトマトの実が成り過ぎて大変だったんだっけ。

このときと比べると、お父さん老けたなぁ。

えっと、この服はどこにしまった？

この髪形、悪くないから、またやろうかな。

スマートフォンの画像フォルダは、私の外部ＳＤカードみたいなものなのだろう。脳はすぐにいっぱいになってしまうから、出来事はすべて写真で残すのだ。

八千枚のうち五千枚くらいにはなんらかの思い出があって、「私の人生、そんなに悪くないかも」と思えた。スマートフォンさえあれば、走馬灯のスイッチはいつでも好きなときに入れられる。

手強すぎる門番

四苦八苦の末に、八千枚の写真を十六ギガバイトの外部ＳＤカードに移動した例のスマートフォンが、ついにダメになった。もう、新しいのを買うしかない。

買い替えるたびに、スマートフォンの価格が上がって気が滅入る。どれもちょっとしたパソコンくらい値が張る。値段が上がるのはカメラとかお絵描きパッドのような付属機能が付いてくるせいで、私は使いこなせた試しがない。電話機能なんて、もうオマケみたいなものだろう。事実、私はガラケーとの二台持ち。なぜなら、スマートフォンは電池が持たないからだ。

気が滅入るのは、値段のせいだけではない。新機種へのデータ移行のための、ＩＤとパスワード入力が面倒なのだ。そんな文字列、覚えているわけがない。

土曜日、近所の携帯電話ショップへ足を運んだ。悪天候だったが店は混んでおり、ようやく順番が回ってきたのは一時間半後。説明を聞き支払いを終えると、店員はにこやかに「データを引き継ぎますので、ＩＤとパスワードをご入力ください」と言った。遂にきた。最初の難関だ。

　当てずっぽうで入れてみると、IDは正しいがパスワードが間違っていると跳ね返された。何度やっても、ダメ。こうなると新しいパスワードを設定するしか術はない。だが、そこにも難関が待ち構えていた。

　新しいパスワードを設定するには、普段使っていないメールアドレスに送られてくるメールを読む必要がある。しかし、今度はメールにログインするためのパスワードがわからない。七転八倒の末に認証され、新しいパスワードを手に入れる。念のため、と紙にメモをする。次に買い替えるころには、このメモはどこかに消えているだろうと思った。

　店での作業は無事に済んだ。が、帰宅してからの方が大変だった。音楽アプリ、SNS、ネットショップなどが、次から次へとIDとパスワードを記入しろと迫ってくる。

　思いつく限りの組み合わせを入れてはみたが、どれもこれも上手く行かなかった。私のアカウントに記録されているのは私の個人情報なのに、そこへ辿り着くには厳格な門番の承認が必要なのだ。「山！」「川！」くらいシンプルだったらいいのに。

　仕方なくパスワードを変更しようとしたら、今度は「秘密の質問」に答えろと言いやがる。「学生時代に好きだった歌手やバンドの名前を答えよ、さもなくばここは通さん」

と、手強い門番が私を睨みつけた。

　ボン・ジョヴィと入れても、ガンズ・アンド・ローゼズと入れても、鍵は開かなかった。チェッカーズも駄目だった。どれもこれも、私が夢中になったバンドだ。なぜ駄目なのだ。私が嘘をついているみたいではないか。門番の記憶違いじゃないの？

　ならば歌手かと思い、中森明菜と入れたつもりが予測変換の罠で中森明夫になっていた。当然、鍵は開かない。中森明菜と入れ直しても駄目だった。そのうち門番は「あなたは何度も間違えた。疑わしいので、しばらくアカウントを停止します」と言って消えてしまった。お手上げだ。

　数時間待ち、バンドの質問に答える以外の方法でなんとかパスワードを変更する段までたどり着いたが、今度は大文字と小文字と数字を交ぜて何文字以上を設定しろと、小難しい指示が飛んできた。

　私はベッドに倒れ込んだ。次回、必ず間違えるであろうパスワードを、自分の手で作成するほど虚しいことはない。

　自由には責任が伴うと言うが、便利にはパスワードがついて回る。個人情報流出を防ぐために築かれた城壁は、あまりにも高い。便利のために不便を強いられるなんて、と時代についていけぬ人間特有のクリシェが頭に浮かんだが、私はどの印鑑がどの銀行のものかわからず苦労するようなだらしない子どもだった。いまに始まったことではないのだろう。

値の張る財布が買えない件

長年使っている、ツモリチサトの財布が薄汚れてきた。破れやほつれが目立ち、チャックについていたアクセサリーも取れてしまった。全体的にみすぼらしい。まるで、休みの日の私のようだ。

自分自身を新調するのは容易いことではないが、財布ならすぐできる。店に買いに行く時間はないので、仕事の合間にネットショップを覗く。長財布で、診察券、銀行のカード、その他会員券などカードがたくさん入るものが欲しい。

とはいえ、カードが入るだけ入ればよい、というものでもない。そういう財布は分厚く重くなってしまうから、みっともない。

試しに、使用中の財布に収められたカードの類を数えてみると、各種診察券、保険証、マッサージ店の会員券、コンビニやスーパーやデパートのポイントカードなど、合計で三十枚以上あった。これじゃあ破れるし、ほつれるよ。次はもう少し、カードの収納場所が少ない財布にしなければ。

問題は、財布の値段だ。お金を収納する財布にいくら掛けるのが妥当なのか、私はいまだにわからない。長く使って五年と経験上知っているので、その間に、心に負荷なく減価償却できる価格が望ましい。いま使っているものは二万円しなかったから、感謝の気持ちとともに、ためらいなく引退させられる。

本当は、長く使い続けるうちに味が出てくるような、少し値の張るシンプルな革財布が欲しい。しかし、男性ものと違って、女性向けの財布にはその類が見当たらない。リーズナブルでいいな、と思ったものには必ず、ダイヤモンドや猫やハートをモチーフにしたチャームがくっついている。バッグやアクセサリーのような、ファッションアイテムのひとつと捉えられているのだろう。

だったらいっそ、お祭りみたいに派手なのがいいのだけれど、そういうのはツモリチサトでしか扱ってない。そのツモリがブランド事業を終了すると言うので（後に、受注生産方式で継続することになったと報道アリ）、もう八方ふさがりだ。

財布は持ち主をよく表す。コンサバティブなファッションの女が、ベリベリと音のする面ファスナーの財布を使っているのは見たことがないし、マッチョな男性が、薄ピンク色の華奢な財布を持っているのも見たことがない。財布は、持ち主の分身のようなものなのだろう。私は長いこと、その分身に高い値がつけられないでいる。

先日、会計の際に友人が鞄からとても素敵な財布を取り出した。落ち着いた濃い茶色で、細く切った革が組木細工のように編まれ、幾何学模様を描いていた。まさに、こういうものを探していたのよ！

どこのものか尋ねると、某ブランドの財布だそうで、なんと六万円もしたと言う。おっとっと。私の興味はそこで失せてしまった。私は財布に入っている紙幣の合計より、高い金額の財布が買えない。

財布のなかに諭吉が三人もいれば、私の心は大きくなる。しかし現実には、英世が二人なんてときもザラだ。クレジットカードや電子マネーでの支払いが増えたので、普段の生活にはそれで十分なのだ。

六万円もする財布に英世が二人なんて、なんだか財布に申し訳がないような気がしてしまう。十年くらい使えるならば良いかもしれないが、現実は前述の通りだ。

迷いに迷って、ギャルソンの財布を買った。私にしては、頑張ったと思う。ギャルソンと言っても、トリコだけれど。トリコの財布は、本家と同じ定番デザインにもかかわらず、グッと値段がリーズナブルなことを発見したのだ。

よい買い物をしたと思ったので、おしゃれ番長の先輩に自慢したら、「トリコってチョイスが、あなたらしいわよね」と微笑まれた。微笑みの真意は、おしゃれになれない私には一生わからない。

勉強しておけば良かった

「若いころに、もっと勉強しておけば良かった！」と、言わない大人に出会ったことがない。ご多分に漏れず、私も日々、後悔の念に苛まれているクチだ。

私の場合は、知識が足りないせいで、ものごとが十分に楽しめないときに後悔が押し寄せてくる。そういう場面は、若いころに想像していたよりもずっと多い。足りないのは主に、文学、美術、世界史、語学、地理、の知識。公民なんかも足りてない。学生時代に、学ぶ機会があったものばかりだ。

学生時代の私は、勉強をいかにサボるかに血道を上げていた。学校や授業をズル休みするほどの大胆さはなかったが、塾は親にバレない頻度で着実にサボった。

成績が上がらぬことにしびれを切らした親が頼んだ家庭教師との間では、彼女の気を逸らすことにばかり熱心になった。私の調べでは、たいていの家庭教師は恋愛事情を聞くと堕ちる。恋人がいない家庭教師なら、好きなタイプを聞けばイチコロだ。そうやって家庭教師との時間をやり過ごし、自室では、宿題をするふりで漫画を読み耽っていた。

成績は、中の下からは落ちないようにしていたので、問題になるほど不真面目な生徒だったわけではない。ただ、ギリギリの低空飛行で乗り切るのが、勉強との適切な向き合い方だと高を括っていたのだ。

なぜ、私はこうも勉学に消極的だったのか。多分、勉強は問答無用でやらねばならぬものだと思い込み、そこに楽しみを見出すことを放棄していたからだと思う。

なぜやらなければならないのかも、当時はまったくわからなかった。だったら、省エネ作戦でギリギリのラインを狙うしかない。インセンティブのないまま、ひたすらに年号を覚えるのは苦痛でしかなかったから。

　大人になって随分経った先日、パーソナリティを務めるラジオ番組で、勉強と学習の違いを知った。

　三省堂の新明解国語辞典によると、勉強とは「知識や見識を深めたり、特定の資格を取得したりするために（中略）能力や技術を身につけること」で、学習とは「繰り返しながら（段階的に）基礎知識を学ぶこと」を指す。つまり、学習なくして勉強が身に付くことはない。ちょっと、教師の皆さん、そこのところ教えておいてほしかったわよ。

　学生時代、私はその場凌《しの》ぎの勉強ばかりで、学習を致命的に怠った。繰り返すことも、段階的に基礎知識を学ぶこともなかった。おかげで、大人になってからは後悔を繰り返し、勉学の重要性を、身をもって学習した。皮肉なことだ。

日々、考えながら生きることも学習のひとつなので、さすがに十代のころより思考力は伸びたと思う。しかし、思索を進めるための基礎力が決定的に足りない。基礎知識量が絶対的に不足していると、新しい出来事に出合っても、記憶にある知識とそれを紐付け、理解を深めることができないのだ。

大人なら知っていて当然、とされることを知らずに恥を搔くことも多い。地名の読み方から始まって、外国の首都、日本の歴史、古典と呼ばれる美術や文学の作品、伝統芸能にいたるまで、私はなにも知らない。知識は量より質と言うが、それは一定の量を超えた先の話だ。

結果、知識の引き出しは空っぽのまま。虚無の空間を覗くたびに、ある時期には記憶を詰め込むことも必要なのだと痛感する。

もう取り返しがつかないと諦めていたら、加齢によって記憶力が低下するという通説には誤りがある、という記事を見つけてしまった。

学習さえすれば、いくつになっても知識は身につくのだそうだ。

これは朗報か否か。あとは私のやる気次第ではないか。喜んで良いはずなのに、なぜか絶望的な気分になった。

生きてさえいれば

積極的に「死」を選ぼうとしたことはないが、オーディオの一時停止ボタンを押すように、少しの間だけ「生きること」を保留したいと願ったことは何度かある。

絶好調のとき、一時停止ボタンを押そうと思ったことはない。たいていは嫌なことが起こり、うんざりする現実と、しょげかえる自分を受け止めきれずに押したくなる。しかし、体のどこを探してもそんなボタンはない。やる気スイッチなんてのも、当然ない。

下戸の私にとって、一時停止ボタンに最も近いのは睡眠かもしれない。睡眠は頼もしくもあるが、頼り切れないこともある。目が覚めると、否応《いやおう》なしに意識も立ち上がってしまうからだ。

目が覚めれば嫌な記憶も蘇り、また一日が始まってしまったと項垂《うなだ》れる。勝手に再生ボタンが押されてしまう睡眠は、自分の意志で再スタートを決められる一時停止ボタンとは、似て非なるものだ。そうなると、私はただ、時が経つのを待つしかなくなる。

時間はある程度、万能だ。年齢を重ね、そう思わざるを得なくなった。私は、時の経過が持つ効能に感謝する。背中から切りつけられるような不条理な傷付けられ方をしても、時が過ぎれば傷は癒え始める。

完全に癒えることはなくとも、どこかで「この傷すら忘れたくない」と思っていても、時間が経てば、忌々しいできごとを考える時間は、少しずつ減っていく。そして、あの痛みがどれほどだったかすら忘れてしまう。痛みに慣れてしまうだけかもしれない。

慣れてばかりでもよくない。英気を養ったら機転を利かせ、事態が好転するよう努める。自分を幸せにするのは、自分しかいないのだから。そうやって騙し騙し生きていくしかない時期は、誰にでもあるのだろう。

トンネルのなかを手探りで歩いていると、どこからともなく「生きていれば、いいことがあるさ」という声が聞こえてくることがある。若いころは「呑気なことを言うもんだ」と呆れていたが、あながち嘘でもないと思い直すようになった。

生きていれば、いいことがある。いや、いいことも悪いことも、等しく誰の身にも降りかかる。しかし、どんなに悪いことが起こっても、生まれる感情の種類はそう豊富ではない。

大失恋には、喪失感と自己否定と後悔と恨みが伴った。親の死には、悲嘆と絶望と虚無が生まれた。生涯に亘り不利益を生む理不尽なペナルティには、それらのブレンドに、強い怒りが追加された。深度に差はあるが、私の場合、種類はその程度。慣れる。ああ、これはパターンBの派生商品か、と自分をなだめることもできる。

一方、喜びはいつも新鮮だ。厚遇に慣れることはあれど、予想外の喜びは、いつだって私の心をフレッシュに震わせる。いいことと悪いことが同じ数だけ起こるならば、できるだけ生きていた方が、鮮度の高い人生を保っていられる。

ライブ会場で、とある女性アーティストに声を掛けられて驚いた。なぜ、私のことを知っているのだろう。私は彼女のアルバムを持っていたけれど、彼女が私の著作を読んでいるなんて、思いもよらなかった。

同世代の彼女は、私が持たぬすべてで構成されているように見えた。誰よりも澄んだ柔らかな声と、白魚のような指と、丸く大きな目と、真っ直ぐな髪。演奏中は、彼女の指や口元からきらきらと星屑が零れ落ちる。「百人中、九十八人がうっとりしたと答えました」なんてアンケートデータが出てきたとしても、私は驚かない。この世のはかないものだけで創られ、生かされているような、だからこそ、決して砕けぬ強さを備えているような存在。

一方、私は足元で密かに咲く花の美しさに気付かぬまま、大汗を掻きながら前を向いてズンズン歩くような女だ。彼女とは、なにもかもが正反対なのだ。うっすらと嫉妬しながら、才能に敬服してもいた。

彼女は彼女で、自分のようなタイプは、私に嫌われると思っていたらしい。滅相《めっそう》もない。しかし、言いたいことはわかる。私もそう思っていたから。

互いの違いを素直に魅力と捉えられるようになったのは、今日まで生きていたからにほかならない。年を重ねてきたからこそだ。

若ければ、嫉妬に目がくらみ、こうはいかなかっただろう。一時停止ボタンを押したままだったら、出会うことさえなかったかもしれない。

生きていて良かった。生きてさえいれば、いいことがあるから。

喜びの光は、思いもよらぬ角度から降り注ぐものなのだ。

甘い憂鬱

取材で撮影してもらった写真を見たら、首元に醤油を飛ばしたようなシミがあった。大きさ、色、形、どう見ても黒子《ほくろ》ではない。

子どものころからアトピー性皮膚炎を患っていたので、もともと綺麗な首の持ち主ではない。頬にはぷっくりと膨らんだ小ぶりの老人性色素斑もあるし、ＵＶケアを真面目にやったこともない。年齢を考えると、妥当と言えば妥当だ。

なるほど、ついに私の首にもシミが出てきたか。余裕ぶって、椅子の背もたれに身を預ける。半笑いとは裏腹に、心はガクンと揺れたあと、ゆっくり沈んでいった。まるで古めかしい油圧式エレベーターのように。

もしかして。慌てて鏡に手を伸ばし、首筋を映す。悪い予感は的中していた。写真にはまだ写らないが、目視できるシミがふたつみっつあった。

そう言えば、手にも出てきたんだっけ。鏡を持つ手の甲に視線を移すと、人差し指から真っ直ぐ降りてきたあたりに、小さくふたつのシミがあった。

再び鏡を覗き込む。あらら、頬にも増えたような。頬、首、手の甲に、シミ、シミ、シミ。心のエレベーターは、地下深くに潜っていった。

仕事からの帰り道、ドラッグストアに寄ってシミ消しクリームを買う。一〇〇〇円もしない安モノだ。シミを綺麗に消す効能などないことは、重々承知の上で買った。要は気休め。

シミ消しなら美容皮膚科に行って、レーザーでバチンバチンとやればいい。そうやって老いと鬼ごっこをしている友人も少なくない。私はまだ、二の足を踏んでいるけれど。

シミのことを考えると、亡き母のことを思い出す。母はほとんど化粧をしない人だった。紫外線対策も然り。大中小とバリエーションに富んだシミが頬を中心に散らばっていたし、手の甲にも、私のものよりずっと大きなシミがあった。

ある日、自由闊達を絵にかいたような母が、鏡台の前で珍しく嘆いていた。「こんなにシミだらけになっちゃった。昔は綺麗な肌だったのに」。

小さな私は急に悲しくなって、母の腰にすがり「どんなにたくさんシミがあってもお母さんは綺麗だよ。大好きだよ」と懸命に伝えた。心の底からそう思った。母の美しさは、シミの数なんかでは決まらない。

娘の狼狽を見て、母は「ありがとう。優しい子だね」と微笑み、抱きしめ返してくれた。親としての体裁をなすために、母は「あるべき母親」として振舞ってくれたわけだ。

それとこれとは話が別だと、いまの私ならわかる。人生におおむね満足しながら、シミが増えたことを憂鬱に思う。満足と不足は同時に成立するのだ。私がもう少し大人だったら、母の嘆きを否定せず、穏やかに肯定し、一緒に嘆いてあげられたのに。

母がそうだったように、私も毎日を一生懸命に生きている。なにか褒美がもらえたっていいはずだが、現実には、シミがご褒美スタンプのように増えていくだけだ。

「それでも、私は美しい」と胸を張るのが、時流に乗った態度だろう。自己肯定が持つパワーは計り知れない。けれど、シミはシミ。シミぐらいじゃ私の価値は下がらないが、ないに越したことはない。

頰、首ときて、最後に手の甲にシミ消しクリームを塗りながら、ここのシミだけは残ってもいいかもしれないと思った。父と違って母と私はそれほど似ていなかったので、いまさら容姿の共通点が増えたようで嬉しいのだ。母の娘だという証が、私の手の甲にある。

没後二十余年にして突如現れた母娘の相似に、私は甘い憂鬱を覚えている。だが、これ以上増えてほしいとは思わない。それとこれとは話が別だ。

おわりに

年齢を重ねただけで、しなやかな大人の女になれるわけがない。突然、頭が良くなることもないし、努力なしにお尻やおっぱいが上向きになったり、心が広くなることもない。

四十歳過ぎてからもびっくりするほど綺麗な人は、昔っから綺麗な人か、医学の力を借りた人だ。博識な人は、昔から努力してきた人。当然だ。突然魅力的になるなんて魔法は、どこにもない。昔からそうだったではないか。

わかってはいたけれど、なんだかなーと思いながらも日々やることは山積みで、確かに諸先輩方がおっしゃっていたように気持ちは楽になったものの、体力低下は著しく、常に眠く、そのくせ寝ても数時間で目が覚めて、だのにシーツの皺はしっかり顔に筋を残し、朝のシャワーを浴びながら、三十代より忙しくなるなんて思ってなかったわー加齢臭こわいわー今日何曜日だっけー？　と耳の裏をゴシゴシ洗う女、それが私。そこそこ幸せ。

女友達は相変わらずで、人の性格なんてそうそう変わることはないんだとニヤニヤし、でも昔に比べたら丸くなったよね、体形もだね、なんて軽口を叩く。

見栄や意地を張り合う気力体力は、いつの間にかほとんど消滅してしまった。まあ、あの人はああいうところもある人だしね、で終わり。たいていはまろやかなじゃれ合いだけで時間が過ぎる。揉めそうになったら、サーッと適切な距離をとる。恨みっこなしで、次に会ったときにはまたまろやかに。無駄に心配させぬよう、深刻な相談ごとは、ギリギリまで話さなくなった。

妻になったり母になったり、またシングルに戻ったり、女友達は私と違ってそれぞれに忙しい。子育ても親の介護も、まだまだ女手がアテにされる現実にうんざりしながら、それでもみんな、理想と現実のあいだに暫定的な着地点を見つけるのが格段にうまくなった。

一方私は、エンディングノートってどんなものかしらとチラ見して、まだここまで準備する必要はないなと胸を撫で下ろす。と同時に、親にこれを書かせるのは、なかなかしんどいだろうなとも思う。
悲観的になろうと思えばどこまででもなれるけれど、楽観的に考えれば、私が失ったものは、記憶力と体力ぐらいだ。オバさんになったらどれだけ酷い目に遭うのかと怯えたこともあったが、若い頃に「若い」というだけで得をした経験がほとんどなかったのが功を奏した。非モテの勝利！

おかげさまで、中年になって周囲の扱いが各段に悪くなったとしょげかえることもなく、親世代から「結婚しないの？」とか「子どもっていいよ」とか「お仕事ばかりなの？」とも尋ねられない毎日。日々の疲れは取れぬが、私はようやく手に入れた楽園に住んでいる。

私がなぜ楽園住まいを始められたかと言えば、これはもう完全に加齢のおかげ。若者よ、加齢はいいぞ。なぜなら、あきらめがよくなるから。楽しいのは、私が変わったからだ。

「こんなのでいいのかしら」「思ってたのと違う……」と狼狽《うろた》えるのは、若い頃と変わらない。しかし、そこから「まあいいか」へ着地するスピードがべらぼうに速くなる。ストンと一瞬で着地する。オノマトペで表すなら、パンパーン！だ。「パン」で悩んで「パーン」で着地。どう？　速いでしょう。

いや、どうだろう。さっさと忘れられないこともあるか。家族のこととかね。けれど、気を揉むにも気力と体力が必要なのです。これがめっきり続かなくなる。よって、最高。

悩んでいるうちに寝落ちしてしまうのは、私にとって日常茶飯事だ。あ、そうそう。加齢によって失われたものには、集中力もあります。得たものは、絶対に譲りたくないものがあるときに粘る力と、ふてぶてしさ。これは財産。

強いて言うなら、将来に備えることと、いまを楽しむこと、このバランス取りが難しい。私の介護はどこに頼めばいいんだろう。老後にどれくらいお金があればいいんだろう。インフレが起きたらどうしよう。これ以上景気が悪くなったらどうしよう。体を壊したらどうしよう。

そういうときに限って、都合のいい記事と都合の悪い記事の両方が目に入る。死に際に聞く後悔は「元気なうちにもっと〇〇しておけばよかった」が一番多いという、信憑《しんぴょう》性があるんだかないんだかわからない看護師（自称）の話（しかも伝聞）。そして、老後に必要なお金はウン千万円という、これまた信憑性が問われる記事。

信憑性とは、情報や証言などの、信用してよい度合いのことを言うらしい。そんなの、時代や形勢が変われば、正解が不正解になる確率が高いではないか。正解にも流行り廃りがあるってもの。そもそも、なにが正解かだって、人によるし。ちゃんと備えていた人は「若い頃にもっと無茶をやっておけばよかった」と悔やみ、そうではない人は「無計画に生きず、ちゃんと備えればよかった」と嘆くだろう。ならば、情報や証言は参考程度にして、「どうにかなる」と自分を信用した方が確実だ。

どうやったら自分を信用できるようになるかと言えば、なにを選んでも、そこそこ大丈夫だと自分に証明していくしかないと思う。これからあまたの選択をしていくなかで、私が間違えることは確実だもの。いまだって、盛大に間違えている最中かもしれない。

だったら、私は間違えても大丈夫、そこからリカバリーする力があると、自分を説得するのはどうかしら。今日まで無事に生きてきたんだから、あなただって大丈夫だってこと。

とは言え、変化には柔軟に対応できるはずだと、身勝手に信じるだけなのもよろしくない。時には変化の濁流に身を投げ、新しいことにチャレンジするくらいの大胆さが必要だろう。

なにも、キリマンジャロ登頂を目指そうって話ではない。目指してもいいけど、だったらゆっくり時間をかけないと。私は遠慮しておきますね。そんなことをしたら、体調を崩してしまうから。体力が、いま一番失いたくないものだから。

新しいチャレンジは、若者が集う新大久保に行って、新しい化粧品を買うくらいでもいい。行ったことのない国の、初めての料理を作って食べるんだっていい。ルーティーンを外れて、日常にノイズを入れるのだ。

あ、ちょっと自己啓発っぽくなってきました。これはよろしくない。撤収、撤収。

昨今、売れる本と言えば、読んだらなにかしら得をすると謳う本ばかり。我々が浅ましくなったからではなく、時代が低調気味だからだろう。いい話なんか、ひとつも聞こえてこない日も多い。地すべりのように、社会が崩れていくようにさえ思う。

そりゃそうだ。自己責任論ばかり強調されて、介護が必要な人や、庇護が必要な子どもの存在が、リスクと感じられるようなムードだもの。自己責任にも限度があるってことを、忘れているんじゃないかと思う。行政が担うはずの生活インフラに不備があったら、どんなに備えていたってどうにもならない。自己責任論は万能ではない。

地すべりを起こす社会から、振り落とされたくない恐怖からだろうか、絶対に損したくないという念が、成仏できない霊のようにそこら中に漂っている。貧すれば鈍するでも欲するでもなく、貧すれば損を毛嫌いするのが、貧することに不慣れな人のやることだ。もう少し若かったころの私のことだ。人より得したいんじゃない。知らずに損して、元の場所に戻れなくなるのが心底怖いのだ。じゃあ、どうしたらいいの？

誰だって損はしたくないだろうけれど、損かどうかを決めないという方法がある。いつからか、私は「損したくない」よりも「これは損か得かはわからない」と思うようになった。

私にはパートナー氏がいるが子どもはおらず、親は無一文だから引き継ぐ財産も負債もなく、間違いなく六十歳を超えても働き続けなければならないだろう。でも、失敗したとか損をしたとは思わない。いまのところは思ってない。

そりゃ仕事があって東京に住んで健康で、文句ないに決まってるでしょうと言うあなた。その通りだ。しかし、この状態を不幸だとか損してると定義する人もいるわけで。これが大損になる場合も先々ないとは言えないし。

だから、前もって正解を決めないというやり方しか、私には思いつかない。ここ十年か十五年はずっとそう。でも、なんらかの矜持は持っていようと思う。私はどうにかやれる、という矜持。

気が滅入らない程度に、不安に押しつぶされない程度に、備えてはいる。だけど、ちっちゃなプライドを防御するために「あのブドウは酸っぱいに違いない」と断じるのではなく、なにかが足りないと自分を責めるでもなく、「現時点では私の手には入らないあのブドウを、酸っぱいと感じる人もいるかもしれないし、甘いと感じる人もいるかもしれないし、いつか私の手に入るかもしれないし、入ったところで幸せになれるとも限らない」くらいにボンヤリとさせておくのだ。そうすると、自動的にいまの私は、それほど過不足がない状態になる。

毎日は、そこそこ楽しい。中年になると良いことが立て続けに起こるから、楽しくなったわけではない。

食べてしゃべってまた食べて、飲んだり飲まれたりする人もいて、遊んで働いてまた働いて、子育てしたり介護したり、疲れたらボーっとする。

私たち、これでもいいのだ。

二〇一九年十月吉日

ジェーン・スー

初出　『婦人公論』連載「スーダラ外伝」（二〇一六年二月九日号
～二〇一九年一一月一二日号）
『日本経済新聞』「プロムナード」（二〇一七年七月八日～
一二月一六日掲載）

単行本　『これでもいいのだ』　二〇二〇年一月　中央公論新社刊

解説

宇垣美里

女の加齢はいつだって、よくないものとされてきた。目を背けるべき、抗うべき、憎むべき変化だと。大きなお世話なことこの上ない。目じりのしわ、緩んだアゴのライン。変わりゆく自分に衰えを感じないとは言えないけれど、それはそうとして結構好きよ。そう言えるようになるまでに、どれだけの時間がかかったことか。

初めて「オバさん」と言われたのは、二十六歳。後輩と並んだ私にかけられた「じゃあオバさんの方に頼もうかな」の一言、その衝撃はいまだ忘れられない。こんなこと言う人、現実にマジでいるんだ……と幽霊を見た人の顔をしてしまった。いや、目をつぶれるほど幼くもない、この先も顔を合わせる予定の大人に言われたのが初めてだったから記憶に残っているだけで、本当はもっと前から言われていた。しつこいキャッチを断った時、バイトで後輩をいさめた時……。どうやら「オバさん」はずっと昔から、呪いの言葉として機能していたみたいだ。

それから数年、無我夢中のままにここまでやってきた。仕事は楽しい。気の置けない仲間と己の稼いだお金で美味しいものを食べ、時間も忘れて趣味に没頭、好きなものに囲まれた自分の城で眠りにつく。日々に不満なんてない。女性も働くことができ、結婚していなくてもそこまで白眼視されない時代に生まれたことを幸運に感じている。でも、植え付けられた〝あるべき姿〟からはそう簡単に逃れられない。自分の価値がどんどん目減りしていっているような気がして、結婚、出産、妻から母へ、女の進むべき道の途中で足踏みをしているような感覚に襲われ、これでいいのかと不安が頭をもたげる。女性の価値は若さや美しさや従順さだけではないって、幸せの形はひとつじゃないって、分かっているはずなのに。

そんな時、私は決まってジェーン・スーさんの力を借りる。エッセイやSNS、文字を読むのが辛ければラジオでもポッドキャストでもいい、軽快な文章に落とし込まれた等身大の言葉たちが疲れた頭にじんわり染みて、きつく絡まった思考回路がほろほろとほどけていくのを感じるから。そう、例えば『これでもいいのだ』とか。

六十六篇のエッセイが四章に分かれて収められた本作。かけがえのない女友達についての「プレミアム豚の夜」「「冴えない女の会」」や、まさにボディポジティブな「私だってモデルサイズ」、己の中にもある不遜の種に警鐘を鳴らす「ハラスメントと権力」、疲れている時に思わずやってしまった、いや、やってやったぜな「ドラッグストアでの大人買い」などなど内容は幅広く、スーさんの日常での気づきが切れ味抜群の文章でしたためられている。

私が特に好きなのは「生きてさえいれば」だ。日常に追われ、定期的に届くヘイトに疲れ、なんかもう全部放り出してハワイにでも行きたい！　の意味で「しにてー……」と呟いてしまうことがある。人生に降りかかる試練は時に非情で、あまりの理不尽さにもう頑張れないと泣く気力もなく座り込んでしまう夜も。けれど、悪いことが起こった時に生まれる感情の種類はそう豊富でもないし、いずれ慣れるとスーさんは言う。一方喜びは新鮮なのだから、生きていた方が鮮度の高い人生を保っていられる、と。

生きてさえいれば、いいことがあるから。

あまりに綺麗事なその言葉も、スーさんから自身の経験も踏まえてそういわれると、もうちょっと頑張ってみようかなあ、なんて緩く力が湧いてきて、そう感じられる自分にものすごく安心したものだ。

他にもスマートフォンの機種変更のたびにＩＤとパスワードの入力に悪戦苦闘する「手強すぎる門番」や、空想癖について語る「ゾンビとピーナッツ」も最高。私は他人のちょっとダメなところの話を読んで「私だけじゃなかったんだ……」とニヤニヤするのが大好きなのである。

　分かる分かる！　と力いっぱい頷いたり、そういう考え方もあったのか、と凝り固まった思い込みから解放されたり、痛い部分を突かれてギクリとしたり。それらすべてがスーさん自身の声で聞こえてくるから、読後は気の置けない友達と時間を忘れ、喉がかれるまでおしゃべりした後のような余韻が体を包む。なんだか憑き物が落ちたみたい。ちなみにこの感想はエッセイを読んだ時のみのものではなく、スーさんがフリーアナウンサーの堀井美香さんとお送りするポッドキャスト番組『OVER THE SUN』を聞いた時にも感じるものだ。一方的に話を聞いているだけのはずなのに、なぜか二人の友人のトークに参加しているような心持ちになる。同じく番組を聞いている会ったこともない仲間たち・通称「互助会」の皆さまとも、何かしらの絆が芽生えているような気がしてならない。

　きっと、私たちはずっとこんな存在を待っていた。ドラマや本の中にはまだあまりいない、人生のスタンプラリーを集めないままに、それでも楽しそうに生きている存在を。私たちの進む獣道のちょっと先を行く、素敵な先輩を。イメージはドラクロワの「民衆を導く自由の女神」！　先達のいない道を歩むことは難しい。けれど、スーさんが旗をもって先頭を走ってくれているから、私たちは泥だらけになりながらも安心して、その後に続くことができるのだ。

　スーさんの言葉に触れるたびに、この人はなんて優しい人なんだろう、と胸がいっぱいになる。それは母のように胸に抱いてくれるような甘い優しさではない。作中にある〝性格の良い人〟とも違う（個人的にはそんな人間のどこがおもしろいんだ？　と思ってしまう。どんな時でも他者の幸せを寿《ことほ》げるって、こちらが何をしようと響いていない証拠じゃない？）。日々揺れ動きながらもその過程をひっくるめて惜しげもなく、飾らない今の自分の姿を見せてくれて、思いを伝えるために言葉を尽くしてくれて、学びから獲得したのであろうポジティブさによって他者の弱さをも肯定し、決して突き放さない、切り捨てない。それは、私が思う本当に優しい人の佇まいそのものだ。私も後に続く女の子たちにとって、こういう存在でありたいなと常々思う。道のりは険しい。

　三十歳を超えて、インタビューで年齢にかこつけた質問をされることが増えた。「三十歳の大台にのって、これからどんな女性になりたいと考えますか？」「女性にとって節目の年齢となりますが、今後についてどう考えていますか？」ちょっと引っ掛かるな、と思いつつも私はいつもこう答える。

「私の知る人生の先輩方は皆、三十歳はとても楽しい、四十歳はもっと楽しい！　とおっしゃるの。だから、私も三十代が楽しみだし、そう思える大人になりたいです。」と。

歳をとることに前向きでもなく、後ろ向きでもなく、ただそんなものだと受け止めて、そこそこ幸せだとニヤリと笑う、世間に蔓延《はびこ》るオバさんのイメージを逆手にとって、いろんなことに挑戦しちゃお！　そうやって送る人生のなんと軽やかで楽しげなことか。

人様からの心無い声は決して消えはしないし、自分で自分に呪いをかけてしまう日もあるけれど、歳をとるごとにあまり気にならなくなってきた。若者にしか聞こえないというモスキート音みたいなものなのだろうか。スーさんも言っていたものね、「加齢はいいぞ」。老化万々歳である。

みんなコロナ禍でやりたいことができない時間がずいぶん長く続いたことだろう。会えないままに遠くへいってしまった人もいるかもしれない。思い描いていた未来からはだいぶ遠いところにきてしまった。このままでいいのかは、よく分からない。

でも、私たち、これでもいいのだ。

悩みながらも今日まで生き延びた自分に、胸を張ってそう言ってあげよう。妥協ではなく、これは人生の多様さの肯定だ。ね、なんだかポカポカしてきたでしょ。やっぱりスーさんは、優しい。

（うがき・みさと／フリーアナウンサー）

中公文庫

これでもいいのだ

2023年1月25日　初版発行

著　者　ジェーン・スー

発行者　安部順一

発行所　中央公論新社
〒100-8152　東京都千代田区大手町1-7-1
電話　販売　03-5299-1730　編集　03-5299-1890
URL https://www.chuko.co.jp/

ＤＴＰ　平面惑星
印　刷　大日本印刷
製　本　大日本印刷

Published by CHUOKORON-SHINSHA, INC.
Printed in Japan　ISBN978-4-12-207306-7 C1195